幼儿晨读 好习惯养成书
从小养成良好的晨读习惯
重新领略国学之大美

大字珍藏版
国学经典大声读
千家诗

刘硕／编
贝贝熊文化传媒／图

少年儿童出版社

前言

每日诵读经典，细品国学之美

　　每个家长都希望孩子能成长为一个快乐、勇敢、明理、博学的人，这与国学对人的培养是契合的。在《弟子规》《三字经》等先贤著述中，早已给出了许多教孩子做人、处世、为学的道理。可是，如何培养孩子对国学的兴趣呢？我们提倡：学习经典名著，首先要"读"。

　　不同于普通国学读物照搬经典的做法，《国学经典大声读》按每日适合诵读的学习量编排，将传统文化中的精髓内涵与当代幼儿生活情境相融合，选文篇幅短小，语言浅显，易于诵读。每天清晨或某个固定时刻，当孩子用稚嫩的声音念出那些平仄错落、高低起伏的字句，就如同在演奏一首天然的乐曲。他会不自觉地随着节奏，走进美妙的国学世界，并形成陪伴一生的良好读书习惯。

　　读《弟子规》，帮助孩子培养规范的言行举止，养成良好的生活习惯；读《三字经》，学礼仪，懂礼貌，培养敦厚善良的心性；读《百家姓》，了解中国姓氏发展历史，增强文化认同感；读《千字文》，在中国神话、历史故事中开阔眼界，提升想象力；读《唐诗》《宋词》《诗经·楚辞》《千家诗》等，感受诗词之美，提升文学修养，锻炼记忆力；读《成语》，了解中国语言的博大精深，积累词汇，出口成章；读《寓言》《三十六计》，通过简单易懂却意味深长的故事，领会前人的智慧，获得成长的启迪；读《声律启蒙》《笠翁对韵》，通过押韵和对仗的句子，感受中国语言的韵律美，丰富传统历史文化知识；读《论语》《增广贤文》，汲取先贤智慧，帮孩子明理、树德。

　　这些经典著作，已覆盖了大多数家庭对国学启蒙的需求。本书反复查证，参照权威版本编写，并配以大字注音，帮助孩子轻松阅读。为引导孩子正确发音，书中还增加了资深国学老师录制的原声朗读音频，扫码即听。家长不仅可以利用详解部分，为孩子解释清楚诵读的内容，还可以结合书中故事，引导孩子的行为。让孩子每天朗读书中的一小段，结合所学的这些经典，想一想自己日常的表现，才是真正的活学活用，举一反三。

【前言】

目录

春日偶成（程颢）……… 8
春日（朱熹）………… 9
春宵（苏轼）………… 10
城东早春（杨巨源）…… 11
春夜（王安石）……… 12
早春呈水部张十八员外（韩愈）
……………………… 13
和贾舍人早朝（岑参）… 14
元日（王安石）……… 15
上元侍宴（苏轼）…… 16
立春偶成（张栻）…… 17

打球图（晁说之）…… 18
宫词（王建）………… 19
廷试（夏竦）………… 20
咏华清宫（杜常）…… 21
上元应制（蔡襄）…… 22
清平调（其一）（李白）… 23
题邸间壁（郑会）…… 24
海棠（苏轼）………… 25
清明（王禹偁）……… 26
社日（王驾）………… 27
寒食（韩翃）………… 28
上高侍郎（高蟾）…… 29
郊行即事（程颢）…… 30
绝句（僧志南）……… 31
游园不值（叶绍翁）… 32
题屏（刘季孙）……… 33

绝句漫兴九首（其五）（杜甫）
……………………… 34
庆全庵桃花（谢枋得）… 35
玄都观桃花（刘禹锡）… 36
再游玄都观（刘禹锡）… 37
寒食书事（赵鼎）…… 38
花影（谢枋得）……… 39
北山（王安石）……… 40
湖上（徐元杰）……… 41
绝句漫兴九首（其七）（杜甫）
……………………… 42
雨晴（王驾）………… 43
春暮（曹豳）………… 44
落花（朱淑真）……… 45
秋千（释惠洪）……… 46
春暮游小园（王淇）… 47

【目录】

莺梭(刘克庄)……48
暮春即事(叶采)……49
登山(李涉)……50
蚕妇吟(谢枋得)……51
伤春(杨万里)……52
送春(王令)……53
夏日(张耒)……54
三月晦日送春(贾岛)……55
客中初夏(司马光)……56
有约(赵师秀)……57
闲居初夏午睡起(杨万里)58
三衢道中(曾几)……59
即景(朱淑真)……60
初夏游张园(戴复古)……61
新竹(陆游)……62
鄂州南楼书事(黄庭坚)……63

田家(范成大)……64
村居即事(翁卷)……65
题榴花(韩愈)……66
村晚(雷震)……67
书湖阴先生壁(王安石)……68
题北榭碑(李白)……69
秋兴(其一)(杜甫)……70
题淮南寺(程颢)……71
秋月(朱熹)……72
七夕(杨朴)……73
立秋(刘翰)……74

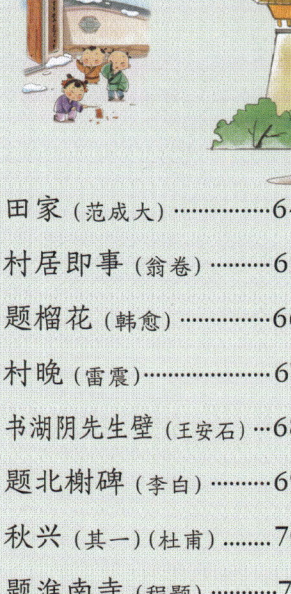

中秋月(苏轼)……75
江楼有感(赵嘏)……76
题临安邸(林升)……77
月夜舟中(戴复古)……78
晓出净慈寺送林子方(杨万里)
……79
饮湖上初晴后雨(苏轼)
……80
入直(周必大)……81
夏日登车盖亭(蔡确)……82

目录

直玉堂作（洪咨夔）……83
竹楼（李嘉祐）……84
直中书省（白居易）……85
与朱山人（杜甫）……86
观书有感（朱熹）……87
泛舟（朱熹）……88
冷泉亭（林稹）……89
冬景（苏轼）……90
寒夜（杜耒）……91

霜夜（李商隐）……92
梅（王淇）……93
冬景（刘克庄）……94
早春（白玉蟾）……95
雪梅（卢梅坡）……96
梅花（方岳）……97
答钟弱翁（牧童）……98
泊秦淮（杜牧）……99
梅花（林逋）……100
归雁（钱起）……101
题壁（无名氏）……102
访袁拾遗不遇（孟浩然）……103
和晋陵陆丞早春游望（杜审言）……104
送郭司仓（王昌龄）……105
春夜别友人（陈子昂）……106

洛阳道（储光羲）……107
长宁公主东庄侍宴（李峤）……108
观永乐公主入蕃（孙逖）……109
恩赐丽正殿书院赐宴应制得林字（张说）……110
春怨（金昌绪）……111
送友人（李白）……112
左掖梨花（丘为）……113
次北固山下（王湾）……114
思君恩（令狐楚）……115
春宿左省（杜甫）……116
题袁氏别业（贺知章）……117
终南山（王维）……118
夜送赵纵（杨炯）……119
寄左省杜拾遗（岑参）……120

目录

送朱大入秦(孟浩然)…121
登兖州城楼(杜甫)…122
长干行(崔颢)…123
送杜少府之任蜀川(王勃)…124
咏史(高适)…125
题义公禅房(孟浩然)…126
罢相作(李适之)…127
玉台观(杜甫)…128
逢侠者(钱起)…129
观李固请司马弟山水图(杜甫)…130

江行望匡庐(钱珝)…131
旅夜书怀(杜甫)…132
答李浣(韦应物)…133
江南旅情(祖咏)…134
秋风引(刘禹锡)…135
破山寺后禅院(常建)…136
秋日(耿㳬)…137
题松汀驿(张祜)…138
秋日湖上(薛莹)…139
野望(王绩)…140
宫中题(李昂)…141
秋登宣城谢朓北楼(李白)…142
汾上惊秋(苏颋)…143
望洞庭湖赠张丞相(孟浩然)…144

蜀道后期(张说)…145
赠乔侍御(陈子昂)…146
答武陵太守(王昌龄)…147
行军九日思长安故园(岑参)…148
婕妤怨(皇甫冉)…149
过香积寺(王维)…150
题竹林寺(朱放)…151
三闾庙(戴叔伦)…152
别卢秦卿(司空曙)…153
渡扬子江(丁仙芝)…154
答人(太上隐者)…155

◎ 晨读啦

春日偶成
程颢

云淡风轻近午天①,
傍花随柳②过前川③。
时人④不识余心乐,
将谓⑤偷闲学少年。

◎ 轻松学

【注释】①午天：正午时分。②傍花随柳：在花儿和柳树之间穿行。③川：河流。④时人：当时的人们。⑤将谓：以为。

【赏析】快到中午的时候，白云飘飘，微风轻拂，我在花儿和柳树之间穿行，来到了前面的小河边。当时的人们不知道我内心的快乐，还以为我学着年轻人悠闲自在地玩乐。

◎ 晨读啦

春日

朱熹

胜日[1]寻芳泗水[2]滨[3],
无边光景一时新。
等闲[4]识得东风面,
万紫千红总是春。

千家诗

◎ 轻松学

【注释】①胜日：天气晴朗的美好日子。②泗水：河流名，在今山东省中部。③滨：水边。④等闲：随便，轻易。

【赏析】在天气晴朗的日子里，去泗水河边寻花赏春，无限的美景让人觉得眼前焕然一新。很容易就能看到春天的美好面貌，百花争艳，姹紫嫣红，到处都是春姑娘到来的足迹。

◎ 晨读啦

春宵(chūn xiāo)

苏轼

春宵①一刻②值千金,
花有清香月有阴。
歌管③楼台声细细,
秋千院落夜沉沉④。

◎ 轻松学

【注释】①春宵:春夜。②刻:古代计时单位,一昼夜共一百刻。③歌管:歌声和管乐演奏声。④夜沉沉:形容夜深了。

【赏析】春天的夜晚,哪怕短暂的一刻也非常宝贵,花儿散发出淡淡的清香,月光投下斑驳的阴影。楼台上传来婉转悠扬的歌声和演奏声,夜已深了,挂着秋千的院子里静悄悄的。

◎ 晨读啦

城东早春

杨巨源

诗家①清景②在新春,
绿柳才黄半未匀③。
若待上林④花似锦,
出门俱⑤是看花人。

◎ 轻松学

【注释】①诗家:诗人。②清景:清新的景色。③匀:均匀。④上林:上林苑,汉代宫苑名,故址在今陕西西安市。⑤俱:都,全。

【赏析】诗人喜爱的清新景色正在这焕然一新的初春时节,柳树刚刚长出嫩黄色的新芽,颜色还不均匀。若是等到上林苑里百花盛开、繁花似锦的时候,那出门的就都是去赏花的人们了。

◎ 晨读啦

春夜

王安石

金炉①香尽漏②声残③,
剪剪④轻风阵阵寒。
春色恼人⑤眠不得,
月移花影上栏杆。

◎ 轻松学

【注释】①金炉：金属香炉。②漏：古代计时工具。③残：将尽。④剪剪：形容春风轻拂，略带寒意。⑤恼人：撩人。

【赏析】香炉里的香烧成了灰烬，漏壶里的水也快要滴完了，轻柔的春风带来了阵阵凉意。这撩人的春色让人无法入眠，眼看着月亮缓缓移动，花儿的影子慢慢爬上了栏杆。

◎ 晨读啦

早春呈水部张十八员外

韩愈

天街①小雨润如酥②,
草色遥看近却无。
最是③一年春好处④,
绝胜烟柳⑤满皇都⑥。

千家诗

◎ 轻松学

【注释】①天街:京城的街道。②酥:奶酪,形容春雨的滋润、细腻。③最是:正是,恰是。④处:时候。⑤烟柳:枝叶繁茂的柳树,如烟雾笼罩一般。⑥皇都:帝都,这里指长安。

【赏析】京城的街道上飘起了如奶酪般细腻的蒙蒙细雨,远远地看过去有一片青绿的草色,走近看却又没有了。这正是一年中最好的春色,远远胜过了那满城杨柳的时候。

◎ 晨读啦

和贾舍人早朝

岑参

鸡鸣紫陌曙光寒，莺啭皇州春色阑①。
金阙晓钟开万户，玉阶仙仗拥千官。
花迎剑佩星初落，柳拂旌旗露未干。
独有凤凰池上客，阳春一曲②和皆难。

◎ 轻松学

【注释】①阑：残尽。②阳春一曲：高雅的乐曲的代名词，这里指贾至的诗《早朝大明宫》。

【赏析】黎明时分，晨鸡报晓，京城大道上的阳光透着几分寒凉，黄莺啼叫，婉转动听，长安城里的春色已接近尾声。清晨的钟声敲开了皇宫内的千门万户，玉石台阶上的仪仗队伍簇拥着上朝的官员们。天上的繁星刚刚隐没，花儿迎接着佩剑的侍卫们，柳条轻拂过随风飘扬的旗帜，枝叶上的露珠还没有干。只有中书舍人贾至写的诗如阳春白雪，想要唱和实在很难。

◎ 晨读啦

元日

王安石

爆竹声中一岁除①,
春风送暖入屠苏②。
千门万户曈曈③日,
总把新桃换旧符④。

千家诗

◎ 轻松学

【注释】①除：过去。②屠苏：酒名，古人在正月初一有饮屠苏酒的习俗。③曈曈：太阳初升时光亮的样子。④桃、符：桃符，古代春节时，人们把画有神像的桃木板挂在门上，以驱鬼辟邪。

【赏析】旧的一年在一阵阵噼里啪啦的爆竹声中过去了，春风送来了丝丝暖意，人们喝着屠苏酒庆祝新年的到来。初升的太阳照耀着千家万户，人们把门上的旧桃符取下来，换上了新桃符。

◎ 晨读啦

上元侍宴

苏 轼

淡月疏星绕建章①，
仙风吹下御炉②香。
侍臣鹄立③通明殿④，
一朵红云⑤捧玉皇⑥。

◎ 轻松学

【注释】①建章：汉代宫殿名。②御炉：皇帝用的香炉。③鹄立：像天鹅一样伸长脖子站立着。④通明殿：传说中玉皇大帝的宫殿。⑤红云：比喻身穿红色朝服的侍臣们。⑥玉皇：这里指皇帝。

【赏析】淡淡的月光、稀疏的星星环绕着建章宫，御炉里的香灰被风吹落下来。身穿红色朝服的侍臣们如天鹅一般毕恭毕敬地站在宫殿的两侧，就像一朵红云捧着威严的皇帝。

◎ 晨读啦

立春偶成

张栻

律回①岁晚②冰霜少，
春到人间草木知。
便觉眼前生意③满，
东风吹水绿参差④。

◎ 轻松学

【注释】 ①律回：正月。②岁晚：年终。③生意：生机。④参差：不整齐的样子，形容水面波纹起伏的样子。

【赏析】 岁末年初，冬去春来，冰霜越来越少了，春天又回到了人间，草木是最先知道的。只觉得满眼都是生机勃勃的景象，春风吹过水面，碧波荡漾，泛起了阵阵涟漪。

◎ 晨读啦

打球图
晁说之

阊阖①千门万户开，
三郎②沉醉打球回。
九龄③已老韩休死，
无复明朝谏疏④来。

◎ 轻松学

【注释】①阊阖：皇宫的正门。②三郎：指唐玄宗李隆基。③九龄：张九龄，和韩休同为唐朝忠诚、贤明的宰相。④谏疏：臣子向皇帝进谏的奏章。

【赏析】皇宫里的千门万户都打开了，唐玄宗打完球后醉醺醺地回到了宫中。张九龄年岁已高，韩休驾鹤西去，明天的早朝不会再有大臣们进谏的奏章呈上来了。

◎ 晨读啦

宫词

王 建

金殿当头紫阁①重,
仙人②掌上玉芙蓉。
太平天子朝元日③,
五色云车④驾六龙⑤。

◎ 轻松学

【注释】①紫阁:这里指朝元阁。②仙人:朝元阁前的铜铸仙人。③朝元日:朝,朝拜。农历正月初一,皇帝要朝拜天帝。④五色云车:传说中仙人的车乘。⑤六龙:马八尺为龙,天子的车驾要用六匹马。

【赏析】宏伟壮观的官殿迎面矗立,朝元阁重重叠叠,铜仙人的掌上托着承接甘露的芙蓉状玉盘。正月初一是皇帝朝拜的日子,六匹骏马拉着天子的车驾,就像仙人乘着五彩云车而来。

◎ 晨读啦

廷试

夏竦

殿上衮衣①明日月，
砚中旗影动龙蛇。
纵横礼乐②三千字，
独对③丹墀④日未斜。

◎ 轻松学

【注释】①衮衣：古代帝王及上公穿的绣龙的礼服。②礼乐：《礼记》和《乐记》，这里泛指儒家经典的考试内容。③独对：单独召见问对。④丹墀：官殿前的红色台阶或者红色空地。

【赏析】大殿上皇帝身穿绣龙的华丽礼服，就像日月一样耀眼夺目，旌旗的影子在砚池里如龙蛇般飞舞、游动。应试者在考场上洋洋洒洒地写了三千多字，在独对结束后太阳都还没有西斜。

◎ 晨读啦

咏华清宫

杜 常

行尽江南数十程①,
晓风残月入华清②。
朝元阁③上西风④急,
都入长杨⑤作雨声。

千家诗

◎ 轻松学

【注释】①数十程:形容路途遥远。②华清:宫殿名,在今陕西省西安市。③朝元阁:宫殿名,在华清宫内。④西风:秋风。⑤长杨:长杨宫,宫中有垂杨数亩。

【赏析】从江南匆匆赶来,走了一程又一程,晨风轻拂,残月将落,天快亮的时候我来到了华清宫。朝元阁上刮起了一阵阵强劲的秋风,都吹进了长杨宫,化作了凄凉的雨声。

◎ 晨读啦

上元应制

蔡襄

高列千峰宝炬森①,端门②方喜翠华临。
宸游不为三元夜,乐事还同万众心。
天上清光留此夕,人间和气阁春阴。
要知尽庆华封祝③,四十余年惠爱深。

◎ 轻松学

【注释】①森:排列耸立。②端门:宫殿正门。③华封祝:尧到华州,守边疆的人祝他长寿、富有、多子。

【赏析】高高挂起的花灯堆叠林立,就像千万座山峰排列着,在宫殿的正门,臣民们喜迎浩荡的天子仪仗队伍的到来。皇帝巡游不是为了在元宵节赏花灯、看夜景,而是为了与百姓一起欢度佳节,共享乐事。皎洁明亮的月光留恋这个美好的夜晚,人间的祥和与瑞气留在春夜。要知道为什么百姓都衷心地祝福皇帝,是因为这四十多年以来,皇帝对百姓深厚的恩惠与慈爱。

◎ 晨读啦

清平调（其一）

李 白

云想衣裳花想容，
春风拂槛①露华②浓。
若非群玉山③头见，
会向瑶台④月下逢。

◎ 轻松学

【注释】①槛：栏杆。②华：同"花"，这里指牡丹。③群玉山：传说中西王母居住的地方。④瑶台：传说中神仙居住的地方。

【赏析】看到天上的云彩就想到她的衣裳，看到盛开的花朵就想到她的面容，春风轻拂栏杆，带着露珠的牡丹更加娇艳了。这样的美人如果不是在群玉山遇见，那也一定是在月下的瑶台才能相逢。

◎ 晨读啦

题邸间壁

郑 会

荼蘼香梦怯①春寒，
翠②掩重门③燕子闲。
敲断玉钗④红烛冷，
计程应说到常山。

◎ 轻松学

【注释】①怯：畏惧，害怕。②翠：翠绿色的树木。③重门：一层一层的门。④玉钗：妇女头上的一种玉制首饰。

【赏析】妻子从带着荼蘼花香的梦中醒来，春末的夜里还是有一丝凉意，翠绿的树木掩映着层层院门，燕子也歇息了。独坐桌前，红烛已冷，她敲断了玉钗，心里盘算着丈夫应该到了常山。

◎ 晨读啦

海棠

苏轼

东风袅袅①泛崇光②,
香雾空蒙③月转廊。
只恐夜深花睡去,
故烧高烛照红妆④。

◎ 轻松学

【注释】①袅袅:微风吹拂的样子。②崇光:美丽的光泽,这里指春光。③空蒙:缥缈、朦胧。④红妆:这里指海棠花。

【赏析】袅袅的东风吹拂,春光正浓,夜色朦胧,雾气里弥漫着花香,月亮缓缓地转过了长廊。只担心夜深了,花也会睡去,所以点燃高高的蜡烛,让烛光映照着娇艳的海棠花。

◎ 晨读啦

清明

王禹偁

无花无酒过清明，
兴味①萧然②似野僧。
昨日邻家乞新火，
晓③窗分与读书灯。

◎ 轻松学

【注释】 ①兴味：兴致、趣味。②萧然：寂寞凄凉的样子。③晓：天亮。

【赏析】 没有鲜花与美酒，一个人过清明节，寂寞凄凉，索然无味，就像流落在野外的和尚一样。昨天去邻居家讨来了节后的新火种，今早天刚亮，我就在窗前点燃了伴我读书的油灯。

◎ 晨读啦

社日

王驾

鹅湖山①下稻粱肥,
豚栅②鸡栖③对掩扉。
桑柘④影斜春社⑤散,
家家扶得醉人归。

◎ 轻松学

【注释】①鹅湖山：又名荷湖山，在今江西省铅山县北。②豚栅：猪圈。③鸡栖：鸡舍。④桑柘：桑树和柘树。⑤春社：我国古代祭祀土地神的日子，分为春社和秋社。

【赏析】鹅湖山下的庄稼长势很好，猪回到圈里，鸡也回到鸡舍内，家家户户的门还半掩着。夕阳西下，桑树和柘树的影子被拉得长长的，春社散场了，每家每户都搀扶着喝醉的人回来了。

◎晨读啦

寒食

韩翃

春城①无处不飞花,
寒食②东风御柳③斜。
日暮汉宫④传蜡烛,
轻烟散入五侯⑤家。

◎轻松学

【注释】①春城:春天的京城。②寒食:我国古代的传统节日,清明节前一两天,禁烟火,只吃冷食。③御柳:皇宫里的柳树。④汉宫:这里指唐朝的宫廷。⑤五侯:泛指权贵。

【赏析】春天的京城里到处都是飞舞的花瓣,寒食节到了,皇宫里的柳树在春风的吹拂下轻轻地摇动着。黄昏时分,宫廷里传送着以示恩宠的蜡烛,一缕缕轻烟飘散到了权贵的家中。

◎ 晨读啦

上高侍郎

高 蟾

天上碧桃①和露种，
日边红杏倚云栽。
芙蓉②生在秋江上，
不向东风③怨未开。

◎ 轻松学

【注释】①碧桃：和红杏一样，都是比喻依附朝廷权势的小人。②芙蓉：荷花的别名，这里是指诗人自己。③东风：春风。

【赏析】天上的碧桃是带着露水种下去的，太阳边的红杏是傍着云彩栽出来的。生长在秋天江边的荷花，从不向春风抱怨为什么它不盛开。

晨读啦

郊行即事

程颢

芳原绿野恣行①事,春入遥山碧四围。
兴逐乱红穿柳巷,困临流水坐苔矶②。
莫辞盏酒十分劝,只恐风花一片飞。
况是清明好天气,不妨游衍③莫忘归。

轻松学

【注释】①恣行:尽情行走。②苔矶:水边突出的、长有青苔的石头。③游衍:恣意游逛。

【赏析】我在长满绿草、开满鲜花的原野上无拘无束地行走着,春天的脚步也来到了远山,放眼望去,四周一片绿色。兴致来了的时候,就追逐飘舞的花瓣,在柳树成荫的小巷里穿行,感觉困乏的时候,就对着流水,坐在长有青苔的石头上休息。不要推辞这杯诚意满满的酒,只怕花瓣会随风全部飞走。况且在清明时节碰到了一个晴朗的好天气,不如尽情地游玩闲逛,不过可别忘了回家。

◎ 晨读啦

绝句

僧志南

古木①阴②中系短篷③,
杖藜④扶我过桥东。
沾衣欲湿杏花雨⑤,
吹面不寒杨柳风⑥。

千家诗

◎ 轻松学

【注释】①古木:古树。②阴:树荫。③短篷:小船。④藜:一种植物,这里指用藜做的手杖。⑤杏花雨:杏花盛开时的雨,即春雨。⑥杨柳风:杨柳发芽时的风,即春风。

【赏析】在岸边的古树荫下,拴着一只小篷船,我拄着藜杖走到了桥的东边。杏花盛开,春雨绵绵,好像要沾湿我的衣服,杨柳飘飘,春风和煦,吹过脸庞的时候没感到一丝凉意。

◎ 晨读啦

游园不值①

叶绍翁

应怜②屐③齿印苍苔，
小扣④柴扉⑤久不开。
春色满园关不住，
一枝红杏出墙来。

◎ 轻松学

【注释】①值：遇到。②怜：怜爱，爱惜。③屐：底下有齿的木鞋。④小扣：轻轻地敲。⑤柴扉：柴门。

【赏析】应该是怕我木鞋底的齿在青苔上留下痕迹，我轻轻地敲柴门，敲了很久都没有人来开。满园的春色都已经关不住了，一枝红杏从墙头伸了出来。

◎ 晨读啦

题屏

刘季孙

呢喃①燕子语梁间,
底事②来惊梦里闲。
说与旁人浑③不解,
杖藜携酒看芝山④。

千家诗

◎ 轻松学

【注释】①呢喃:燕子的低语声。②底事:什么事。③浑:完全。④芝山:在今江西省鄱阳县北。

【赏析】房梁间传来燕子的低声呢喃,我也不知道它们说了什么事,让我从悠闲的梦中惊醒过来。把这些说给旁人听,他们也不会理解,那我就挂着藜杖、带上美酒去欣赏芝山的风景吧。

◎ 晨读啦

绝句漫兴九首（其五）

杜 甫

肠断①春江欲尽头，
杖藜徐②步立芳洲③。
颠狂④柳絮随风舞，
轻薄⑤桃花逐水流。

◎ 轻松学

【注释】①肠断：形容极度悲伤。②徐：慢慢地。③芳洲：长满花草的水中陆地。④颠狂：放肆，将柳絮拟人化。⑤轻薄：轻浮，将桃花拟人化。

【赏析】我满怀悲伤地来到了一江春水快到尽头的地方，拄着藜杖慢慢地走到了长满花草的小洲上。放肆的柳絮在空中随风飞舞，轻浮的桃花在水面随波漂流。

◎ 晨读啦

庆全庵桃花

谢枋得

寻得桃源①好避秦②,
桃红又是一年春。
花飞莫遣③随流水,
怕有渔郎来问津④。

千家诗

◎ 轻松学

【注释】①桃源:桃花源,东晋诗人陶渊明笔下的一个与世隔绝的理想社会,这里指诗人的住所庆全庵。②避秦:躲避秦朝的战乱。③莫遣:不要让。④问津:探询渡口,后泛指探问情况。

【赏析】我找到了像桃花源一样好躲避秦朝战乱的地方,桃花盛开了,新一年的春天又来到了。千万别让飞舞的花瓣飘落到小溪里顺水流走了,就怕有打鱼人看到后一路打听到这里。

◎ 晨读啦

玄都观桃花 (Xuán dū Guàn táo huā)

刘禹锡

紫陌①红尘②拂面来，
无人不道③看花回。
玄都观④里桃千树，
尽是刘郎⑤去后栽。

◎ 轻松学

【注释】①紫陌：京城的街道。②红尘：飞扬的尘土。③道：说，讲。④玄都观：唐朝道观名，以遍植桃花而闻名。⑤刘郎：诗人自称。

【赏析】京城街道上的尘土扑面而来，人人都说是刚看完桃花回来。玄都观里那上千棵桃树，全都是我离开京城之后才栽种的。

◎ 晨读啦

再游玄都观

刘禹锡

百亩庭中半是苔,

桃花净尽①菜花开。

种桃道士归何处,

前度②刘郎今又来。

◎ 轻松学

【注释】①净尽:一点儿都不剩,什么都没有。②前度:上一次。

【赏析】玄都观的百亩庭院里有一半都长满了苔藓,桃花全都凋谢了,只有菜花还盛开着。当年栽种桃树的道士到哪里去了呢?上一次来看过桃花的刘郎如今又回来了。

寒食书事

赵 鼎

寂寂柴门村落里,也教插柳纪年华。
禁烟不到粤人国①,上冢亦携庞老家②。
汉寝唐陵无麦饭,山溪野径有梨花。
一樽竟藉青苔卧,莫管城头奏暮笳③。

【注释】 ①粤人国:广东、广西一带。②庞老家:东汉隐居在湖北襄阳的庞德。③笳:一种吹奏乐器。

【赏析】 村子里冷冷清清,每家每户柴门紧闭,不过门上都插了柳条,标志着又一个寒食节到来了。禁烟火的习俗没有传到粤人居住的地方,但是人们也会像庞德一样,带着全家去上坟祭扫。汉唐帝王的陵墓前连麦饭这样粗糙的祭品都没有,山间小溪旁的野路上却盛开着梨花。喝完一杯酒后,竟然醉卧在了青苔上,也不管城头那暮色里响起的胡笳声。

◎ 晨读啦

花 影

谢枋得

重重叠叠上瑶台①,
几度②呼童③扫不开。
刚被太阳收拾去,
却教明月送将来。

千家诗

◎ 轻松学

【注释】①瑶台:传说中的神仙居住的地方,这里指装饰华丽的亭台。②几度:几次。③童:童仆。

【赏析】重重叠叠的花影错落地映照在华丽的亭台上,让童仆扫了几次都扫不完。刚刚被西落的太阳收拾干净,过了一会儿又被升起的明月送了回来。

◎ 晨读啦

北山
Běi Shān

王安石

北山① 输② 绿涨横陂③,
Běi Shān shū lù zhǎng héng bēi

直堑④ 回塘⑤ 滟滟⑥ 时。
zhí qiàn huí táng yàn yàn shí

细数落花因坐久,
xì shǔ luò huā yīn zuò jiǔ

缓寻芳草得归迟。
huǎn xún fāng cǎo dé guī chí

◎ 轻松学

【注释】①北山：钟山，即今南京紫金山。②输：输送。③陂：池塘。④直堑：笔直的壕沟。⑤回塘：曲折的池塘。⑥滟滟：水波摇动的样子。

【赏析】北山上一片翠绿，被映照成绿色的春水涨满了池塘，笔直的壕沟和曲折的池塘里水波荡漾。我仔细地数着飘落的花瓣，于是在这里坐了很久，慢慢地寻找芬芳的花草，回家就很晚了。

◎ 晨读啦

湖上

徐元杰

花开红树①乱莺啼，
草长平湖②白鹭飞。
风日晴和人意③好，
夕阳箫鼓④几船归。

◎ 轻松学

【注释】①红树：开满红花的树。②平湖：平静的湖面。③人意：心情。④箫鼓：箫声和鼓声。

【赏析】开满红花的树上有一群莺鸟叽叽喳喳地叫着，长满青草的湖边有几只白鹭张开翅膀飞向天空。风和日丽，心情舒畅，直到黄昏时分，才有几艘伴着箫声和鼓声的游船慢慢地回来。

千家诗

◎ 晨读啦

绝句漫兴九首（其七）

杜 甫

糁①径②杨花铺白毡，
点溪荷叶叠青钱③。
笋根雉子④无人见，
沙上凫雏⑤傍母眠。

◎ 轻松学

【注释】①糁：米粒，这里是散落的意思。②径：小路。③青钱：青色的铜钱，这里指初生的荷叶。④雉子：小野鸡。⑤凫雏：小野鸭。

【赏析】小路上散落着柳絮，就像是铺了一层白色的毛毡，小溪里漂浮着荷叶，就像是一串层层叠叠的铜钱。还没有人注意到笋根边上的小野鸡，沙滩上的小野鸭在母鸭身边安心地睡着。

◎ 晨读啦

雨晴

王驾

雨前初见花间蕊①，
雨后全无叶底花。
蜂蝶纷纷过墙去，
却疑②春色在邻家。

千家诗

◎ 轻松学

【注释】①蕊：花蕊，花的组成部分，分为雌蕊与雄蕊。②却疑：还怀疑。
【赏析】下雨之前刚刚能看见娇嫩的花蕊，一场雨过后，连叶子下面的花都没有了。蜜蜂、蝴蝶纷纷飞过院墙，还怀疑那迷人的春色是不是在邻居家。

◎ 晨读啦

春暮

曹豳

门外无人问落花,
绿阴冉冉①遍天涯。
林莺②啼到无声处③,
青草池塘独听蛙。

◎ 轻松学

【注释】①冉冉:同"苒苒",草木茂盛的样子。②林莺:林间的莺鸟。③处:时候。

【赏析】门外再也没有人去过问那些凋落的花朵,草木茂盛、绿树浓荫,一直遍及天涯。林间的莺鸟不再啼叫的时候,只听见青草地、池塘边蛙声一片。

◎ 晨读啦

落花 (luò huā)

朱淑真

连理枝①头花正开,
妒花风雨便相催②。
愿教青帝③常为主,
莫遣④纷纷点翠苔。

◎ 轻松学

【注释】①连理枝:两棵树的枝干生长在一起。②催:这里指催促花儿凋谢。③青帝:中国古代神话传说中五方天帝之一,为春之神及百花之神。④莫遣:不要让。

【赏析】连理枝头上的花儿盛开着,嫉妒花儿的风雨争相到来,催促其凋谢。希望春之神能为这些花儿们做主,不要让纷纷掉落的花瓣成为翠绿苔藓的点缀。

千家诗

◎ 晨读啦

秋千

释惠洪

画架双裁翠络①偏，佳人春戏小楼前。
飘扬血色裙拖地，断送玉容人上天。
花板润沾红杏雨，彩绳斜挂绿杨烟。
下来闲处从容立，疑是蟾宫②谪降仙。

◎ 轻松学

【注释】①翠络：秋千上翠绿色的绳子。②蟾宫：月宫，传说中月亮里有蟾蜍而得名。

【赏析】装饰精美的秋千架上，两根翠绿色的绳子斜荡起来，春日里，美人在小楼前嬉戏玩耍。随风飘扬的红裙掠过地面，越荡越高的秋千将美人送上了蓝天。红杏枝头的露水浸湿了雕花的脚踏板，摆动的彩绳斜挂在烟雾缭绕的杨柳树上。美人从秋千上下来后，从容优雅地站在幽静的地方，还以为是月宫里的嫦娥被贬谪降落到了凡间。

◎ 晨读啦

春暮游小园

王 淇

一从①梅粉褪残妆②,
涂抹新红上海棠。
开到荼蘼③花事了,
丝丝天棘④出莓⑤墙。

千家诗

◎ 轻松学

【注释】①一从:自从。②褪残妆:这里指梅花凋谢。③荼蘼:春季最后盛开的花。④天棘:植物名,天门冬。⑤莓:青苔。

【赏析】自从梅花褪去残妆、慢慢凋谢,海棠花就给自己涂抹上了鲜艳的红色。荼蘼花盛开了,意味着春天就要过去了,这时天棘已经爬上了长满青苔的墙。

◎ 晨读啦

莺梭

刘克庄

掷柳①迁乔②太有情，
交交③时作弄机④声。
洛阳三月花如锦⑤，
多少工夫织得成。

◎ 轻松学

【注释】①掷柳：从柳树上飞下。②迁乔：飞到高大的乔木上。③交交：鸟鸣声。④机：织布机。⑤锦：有彩色花纹的丝织品。

【赏析】对春光有着无限情意的黄莺在柳树和乔木之间飞来飞去，它们时不时发出的叫声就像拨弄织布机的声音。三月的洛阳繁花似锦，黄莺要花多少工夫才能织出如此美丽的春色。

◎ 晨读啦

暮春即事

叶 采

双双瓦雀①行书案②,
点点杨花③入砚池④。
闲坐小窗读周易⑤,
不知春去几多时。

◎ 轻松学

【注释】①瓦雀：屋檐瓦片上的麻雀，这里指麻雀的影子。②书案：书桌。③杨花：柳絮。④砚池：砚台。⑤周易：《易经》，道家经典之一。

【赏析】屋檐瓦片上一对麻雀的影子在书桌上移动，窗外的柳絮飘进了砚台里。我坐在窗边悠闲地读着《易经》，竟然不知道春天已经过去了多久。

◎ 晨读啦

登山

李 涉

终日昏昏醉梦间①,
忽闻春尽强②登山。
因过竹院逢僧话,
又得浮生③半日闲。

◎ 轻松学

【注释】①醉梦间：喝醉后精神恍惚就像做梦一样。②强：勉强。③浮生：短暂虚幻的人生。
【赏析】喝了酒后每天都感觉跟做梦一样，昏昏沉沉的，忽然听说春天快要过去了，强打精神去登山赏景。经过一个竹院时遇到了相谈甚欢的僧人，在这纷扰的人生中又得到了半日的清闲。

◎ 晨读啦

蚕妇吟

谢枋得

子规啼彻四更时,
起①视蚕稠②怕叶稀。
不信楼头杨柳月③,
玉人④歌舞未曾归。

◎ 轻松学

【注释】①起:起床。②稠:多。③杨柳月:月亮西沉至杨柳梢头。④玉人:美丽的人,这里指歌女舞女。

【赏析】杜鹃鸟不停地啼叫,一直到四更,蚕妇起床去看自己养的蚕,她担心蚕太多而桑叶不够吃。没想到月亮已经西沉至楼台边的柳树梢头,楼里的歌女舞女们都还没有回家。

千家诗

伤春

杨万里

准拟①今春乐事浓②,
依然枉却③一东风④。
年年不带看花眼⑤,
不是愁中即病中。

◎轻松学

【注释】①准拟:原打算,本以为。②浓:多。③枉却:白白辜负。④东风:春风。⑤看花眼:赏花的眼福。

【赏析】本以为今年春天会有很多快乐的事情,可依然还是白白辜负了这大好的春光。年年都没有眼福去好好地看花赏景,因为不是心绪在忧愁之中,就是身体在病痛之中。

◎ 晨读啦

送春

王令

三月残花落更①开,
小檐②日日燕飞来。
子规夜半犹啼血③,
不信东风唤不回。

◎ 轻松学

【注释】①更:又,再。②小檐:矮屋檐。③啼血:这里借用了杜鹃啼血的典故,相传杜鹃鸟日夜悲鸣,以至口中流血,形容极为悲痛。

【赏析】三月里的残花凋谢了还会再开,低矮屋檐下的燕子飞走了还会再回来。杜鹃鸟到了半夜还在不停地悲鸣,它不相信这样都不能把春风呼唤回来。

千家诗

◎ 晨读啦

夏日

张耒

长夏江村风日清,檐牙燕雀已生成。
蝶衣晒粉花枝舞,蛛网添丝屋角晴。
落落①疏帘邀月影,嘈嘈虚枕②纳溪声。
久斑两鬓如霜雪,直欲③樵渔过此生。

◎ 轻松学

【注释】①落落：稀疏的样子。②虚枕：空心的竹枕。③直欲：真想。

【赏析】炎炎夏日，江边的村庄天朗气清、凉风习习，屋檐下的小燕子和小麻雀已经长成了。蝴蝶扇动着翅膀在花枝间翩翩起舞，蜘蛛在屋角的阳光下拉新丝补旧网。皎洁的月光透过稀疏的门帘照进屋内，空心的竹枕里传来了潺潺的流水声。早已斑白的两鬓就好像染上了霜雪一样，真想当个樵夫或者渔翁度过这一生。

◎ 晨读啦

三月晦日[1]送春

贾岛

三月正当三十日，
风光别我苦吟身[2]。
共君[3]今夜不须睡，
未到晓钟[4]犹是春。

◎ 轻松学

【注释】①晦日：农历每月的最后一天。②苦吟身：在作诗上苦心推敲。③共君：与您，这里指春光。④晓钟：报晓的钟声。

【赏析】农历三月三十日，正好是春天的最后一天，春光马上就要和我这个苦心作诗的人告别了。今晚有春风做伴就不用睡觉了，只要报晓的钟声还没有响起，那就还算是春天。

千家诗

◎ 晨读啦

客中初夏

司马光

四月清和①雨乍晴,
南山当户②转分明。
更③无柳絮因风起,
惟有葵花向日倾。

◎ 轻松学

【注释】①清和：清明和暖。②当户：对着门户。③更：再。
【赏析】四月的初夏清明和暖，一场雨过后天空放晴了，对面的南山也变得清晰可见。再也没有随风飞起的柳絮，只有葵花朝着太阳的方向倾斜。

◎ 晨读啦

有约

赵师秀

黄梅时节[①]家家雨[②],
青草池塘处处蛙。
有约不来过夜半,
闲敲棋子落灯花[③]。

◎ 轻松学

【注释】①黄梅时节:梅子成熟的季节,也称梅雨季节。②家家雨:因天天下雨人们很少外出。③灯花:灯芯燃烧时结成的花状物。

【赏析】梅雨时节,阴雨不断,人们只好待在家中,池塘边长满了青草,四周蛙声一片。过了半夜,约好要一起下棋的朋友还没有来,我无聊地敲着棋子,把灯花都震下来了。

千家诗

◎ 晨读啦

闲居初夏午睡起

杨万里

梅子留酸①软齿牙，
芭蕉分绿与②窗纱。
日长睡起无情思③，
闲看儿童捉柳花④。

◎ 轻松学

【注释】①留酸：残留酸汁。②与：给。③情思：情绪，心思。④柳花：柳絮。

【赏析】梅子酸溜溜的汁水残留在齿间，感觉把牙齿都软化了，窗纱上映照着芭蕉叶的绿荫。初夏的白天很长，午睡后醒来没什么事情可做，闲着无聊看孩子们追着飞舞的柳絮嬉戏玩耍。

◎ 晨读啦

三衢道中

曾几

梅子黄时①日日晴，
小溪泛尽②却山行③。
绿阴不减来时路，
添得黄鹂四五声。

◎ 轻松学

【赏析】①梅子黄时：梅子成熟时。②泛尽：这里指坐船到小溪的尽头。③山行：走山路。

【赏析】梅子成熟的时候每天都是晴朗的好天气，坐船到小溪的尽头后又继续朝山上走去。沿路的树荫和来的时候相比，一点儿都没有变少，反而还多了几声清脆婉转的黄鹂声。

千家诗

◎ 晨读啦

即 景
朱淑真

竹摇清影罩幽窗，
两两①时禽②噪③夕阳。
谢却④海棠飞尽絮，
困人⑤天气日初长。

◎ 轻松学

【注释】①两两：一双双、一对对。②时禽：随季节、气候的变化而出现的鸟。③噪：吵闹，喧闹。④谢却：凋谢。⑤困人：使人困倦。

【赏析】竹子随风摇动，清幽的竹影笼罩在幽静的窗户上，成对的鸟儿在夕阳下叽叽喳喳地叫着。海棠花凋谢了，柳絮也飘尽了，这天气让人困倦，白天开始慢慢变长，是夏天到了。

◎ 晨读啦

初夏游张园

戴复古

乳鸭①池塘水浅深,
熟梅天气半晴阴②。
东园载酒西园醉,
摘尽枇杷一树金③。

◎ 轻松学

【注释】①乳鸭：小鸭子。②半晴阴：忽阴忽晴。③一树金：这里指树上的枇杷像黄金。

【赏析】小鸭子在深浅不一的池塘里游泳，梅子已经成熟了，天气一会儿晴一会儿阴。喝着美酒欣赏美景，从东园到西园，令人陶醉，把树上的枇杷都摘下来了，就像摘了满树的黄金。

千家诗

◎ 晨读啦

新竹

陆游

插棘编篱谨护持,养成寒碧映涟漪。
清风掠地秋先到,赤日行天午不知。
解箨①时闻声簌簌,放梢②初见影离离。
归闲我欲频来此,枕簟③仍教到处随。

◎ 轻松学

【注释】①解箨:竹子生长时脱去笋壳。②放梢:竹梢伸展,发枝长杈。③簟:竹席。

【赏析】插上荆棘,编成篱笆,小心地保护着新竹,待新竹成林后,一大片清凉的绿荫会映照在微波荡漾的水面上。清风吹拂地面,就好像提前感受到了秋天的凉爽,烈日当空,正午时分也不觉得炎热。竹笋脱去笋壳,不时可以听到簌簌的声音,竹梢刚刚发枝,已经可以看到纵横交错的竹影。等我回乡闲居的时候,想经常来这里,仍然随时随地都带着枕头与竹席。

◎ 晨读啦

鄂州南楼书事

黄庭坚

四顾山光接水光,
凭栏①十里芰②荷香。
清风明月无人管,
并作南来一味凉③。

◎ 轻松学

【注释】①凭栏:倚靠着栏杆。②芰:菱角。③一味凉:一阵清凉。

【赏析】登上南楼,向四周眺望,山水的风光连成一片,倚靠着栏杆,水里的菱角、荷花十里飘香。清风和明月无人看管、自在悠闲,和南来的风一起送来一阵清凉。

◎ 晨读啦

田 家

范成大

昼出耘田①夜绩麻②,
村庄儿女各当家。
童孙未解供③耕织,
也傍桑阴④学种瓜。

◎ 轻松学

【注释】①耘田：在田间除草。②绩麻：把麻搓成线。③供：参加，从事。④傍桑阴：在桑树的树荫下。

【赏析】白天去田间除草，晚上在家把麻搓成线，村庄里的男男女女都各自操持着家务。小孩子们还不知道如何耕田织布，也在桑树的树荫下学着怎么种瓜。

◎ 晨读啦

村居即事

翁卷

绿遍山原白①满川,
子规②声里雨如烟。
乡村四月闲人少,
才了③蚕桑又插田。

千家诗

◎ 轻松学

【注释】①白:这里指水。②子规:杜鹃鸟。③了:结束。

【赏析】漫山遍野都是绿色,河里的潺潺流水泛着白光,如烟雾般的细雨里传来几声杜鹃鸟的鸣叫。四月的村庄里没有清闲的人,刚刚才结束了养蚕种桑,马上又要去忙着种田插秧。

◎ 晨读啦

题榴花

韩愈

五月榴花①照眼明，
枝间时见②子初成。
可怜③此地无车马，
颠倒④苍苔⑤落绛英⑥。

◎ 轻松学

【注释】①榴花：石榴花。②时见：偶尔看见。③可怜：可惜。④颠倒：散乱。⑤苍苔：青苔。⑥绛英：红花，这里指石榴花瓣。

【赏析】五月的石榴花非常鲜艳，夺人眼球，偶尔还可以在树枝间看到刚刚长出来的果实。可惜这个地方没有车马来，没有行人过，红色的石榴花瓣零乱地散落在青苔上。

◎ 晨读啦

村晚

雷震

草满池塘水满陂①，
山衔落日浸寒漪②。
牧童归去横③牛背，
短笛无腔④信口⑤吹。

千家诗

◎ 轻松学

【注释】①陂：水岸。②寒漪：清凉的水波。③横：横坐。④腔：腔调。⑤信口：随口，随意。
【赏析】池塘里长满了水草，池水也漫到了岸边，落日就像被山咬着一样，倒影浸入了清凉的水波里。牧童横坐在牛背上准备回家了，手里拿着短笛随意地吹起了不成调的曲子。

◎ 晨读啦

书湖阴先生壁

王安石

茅檐①常扫净无苔，
花木成畦②手自栽。
一水护田③将绿绕，
两山排闼④送青来。

◎ 轻松学

【注释】①茅檐：茅草屋，此处指庭院。②畦：划分为小块的田地。③护田：环绕保护农田。④排闼：推门。

【赏析】茅草屋的庭院经常打扫，干净得没有一点儿青苔，院里的花草树木整整齐齐，都是先生亲手栽种的。一条保护着农田的小河将绿苗紧紧环绕，两座山推开门来把翠绿送进院子里。

◎ 晨读啦

题北榭碑

李 白

一为①迁客②去长沙③,
西望长安不见家。
黄鹤楼中吹玉笛,
江城④五月落梅花⑤。

◎ 轻松学

【注释】①一为:一旦成为。②迁客:因被贬而流放的人。③去长沙:这里借用了西汉贾谊受排挤后被贬为长沙王太傅的典故。④江城:今湖北武汉。⑤落梅花:笛曲名《梅花落》。

【赏析】就像当年的贾谊一样,一旦成为被贬之人流放到长沙,向西遥望长安,就再也看不到自己的家。黄鹤楼里传来吹奏玉笛的声音,这曲《梅花落》好像让五月的江城也落下了梅花。

千家诗

秋兴（其一）

杜甫

玉露凋伤枫树林，巫山巫峡①气萧森。
江间波浪兼天涌，塞上②风云接地阴。
丛菊两开他日泪，孤舟一系故园心。
寒衣处处催刀尺，白帝城高急暮砧。

【注释】①巫山巫峡：指夔州一带的长江和两岸山峰。②塞上：这里指夔州地处边远之地。

【赏析】枫树林在白露的摧残下慢慢地衰败、凋零，深秋时节的巫山、巫峡笼罩在一片萧瑟阴冷之中。长江翻腾奔涌，波浪连天涌起，塞上风云变幻，和大地一样阴沉。又一次看到菊花开放，不禁想到过去的日子，忍不住流下了眼泪，我就像一艘孤独的小船，常怀一颗对故乡的思念之心。身穿单薄的衣服已经感觉有点寒冷，催促着人们赶紧缝制冬天的衣物，黄昏时分，高高的白帝城内传来一阵阵急促的捣衣声。

题淮南寺

程颢

南去北来休便休[1],
白蘋[2]吹尽楚江[3]秋。
道人[4]不是悲秋客,
一任[5]晚山相对愁。

【注释】①休便休：想休息就休息。②白蘋：浮生在水面的植物，初秋开白花。③楚江：长江。④道人：有道术之人，这里指诗人本人。⑤一任：任凭。

【赏析】南来北往，想休息就休息，白蘋都已经被风吹尽了，楚江进入了深秋。我不是为秋天感到悲伤的人，那就任凭夜幕下的山峰相对着惆怅去吧。

◎ 晨读啦

秋　月

朱熹

清溪流过碧山头，
空水①澄鲜②一色秋。
隔断红尘③三十里，
白云红叶共悠悠④。

◎ 轻松学

【注释】①空水：夜空和溪水。②澄鲜：澄澈清新。③红尘：纷扰的尘世。④悠悠：悠闲自在的样子。

【赏析】清澈的溪水从碧绿的山头流过，明净的夜色和澄澈的水流呈现出一派秋色。将纷扰的尘世隔绝在几十里之外，天上的朵朵白云和树上的片片红叶都是那么悠闲自在。

◎ 晨读啦

七夕 (Qī xī)

杨朴

未会①牵牛②意若何，
须邀织女弄金梭。
年年乞与③人间巧④，
不道人间巧已多。

◎ 轻松学

【注释】①未会：不明白。②牵牛：牛郎。③乞与：乞求给予。④巧：乞巧是七夕节的习俗，旧时妇女们会在这一天向织女星乞求智巧，希望得到心灵手巧的手艺。

【赏析】不明白牛郎在七月初七晚上有什么打算，应该是要邀请织女拨弄金梭。每年的这天晚上，人们都向天上的织女乞求智巧，却不知道人间的智巧已经太多了。

◎ 晨读啦

立秋

刘翰

乳鸦啼散①玉屏②空，
一枕新凉③一扇风。
睡起秋声④无觅处，
满阶梧叶月明中。

◎ 轻松学

【注释】①啼散：鸣叫着飞走。②玉屏：玉做的屏风，这里指夜空。③新凉：清新的凉意。④秋声：秋风吹落树叶的声音。

【赏析】小乌鸦鸣叫着飞走了，玉屏般的夜空是那么纯净、空旷，枕边一阵清新的凉意袭来，就像有一把扇子在轻轻扇动。醒来后发现秋声无处可寻，只看见明月映照在满台阶的梧桐叶上。

◎ 晨读啦

中秋月

苏轼

暮云收尽溢①清寒,
银汉②无声转玉盘③。
此生此夜不长好④,
明月明年何处看。

◎ 轻松学

【注释】①溢：流出来。②银汉：银河。③玉盘：月亮。

【赏析】傍晚的云雾已散尽，清寒的月光流淌下来，璀璨银河，悄然无声，玉盘般的圆月慢慢地转动着。一生中能遇到这样的夜晚是非常难得的，明年的中秋又会在哪里赏月呢？

千家诗

◎ 晨读啦

江楼有感

赵嘏

独上江楼思悄然①,
月光如水水如天。
同来玩月②人何在,
风景依稀③似去年。

◎ 轻松学

【注释】①悄然:忧愁的样子。②玩月:赏月。③依稀:仿佛,隐约。
【赏析】我独自登上江边的楼台,万千愁绪涌上心头,如水般清澈的皎洁月光洒下来,江水和夜空一样澄澈、明净。曾经和我一起赏月的人如今又在何处呢?眼前的美景仿佛还和去年一样。

◎ 晨读啦

题临安邸①

林升

山外青山楼外楼，
西湖歌舞几时休。
暖风熏②得游人醉，
直③把杭州作汴州④。

◎ 轻松学

【注释】①邸：旅舍。②熏：吹。③直：简直。④汴州：今河南开封，北宋都城，此时已被金朝攻陷。
【赏析】青山外有连绵不绝的青山，楼台外有数不胜数的楼台，西湖上的歌舞升平什么时候才能够停止？暖风吹得游人沉醉其中，简直是把杭州当成了故都汴州。

千家诗

◎ 晨读啦

月夜舟中

戴复古

满船明月浸虚空,绿水无痕夜气冲。
诗思浮沉樯影①里,梦魂摇曳橹②声中。
星辰冷落碧潭水,鸿雁悲鸣红蓼风③。
数点渔灯依古岸,断桥垂露滴梧桐。

◎ 轻松学

【注释】①樯影:帆影。②橹:比桨长而大,在船尾或船旁,用人摇。③红蓼风:红蓼花开时的风,指秋风。

【赏析】载满了月光的船儿漂浮在清澈的湖中,湖水碧绿,水波不兴,秋夜的寒气弥漫开来。作诗的情思在帆影里起起伏伏,入睡的梦魂在橹声中摇摆不定。清冷的星尘倒映在碧绿的潭水里,鸿雁的声声悲鸣回荡在萧瑟的秋风中。远处有几点明亮的渔火在古老的岸边闪烁,断桥边垂落的露珠滴在了桥下的梧桐叶上。

◎ 晨读啦

晓出净慈寺送林子方

杨万里

毕竟①西湖六月中,
风光不与四时②同。
接天莲叶无穷碧,
映日荷花别样③红。

◎ 轻松学

【注释】①毕竟:到底。②四时:四季,这里指夏季以外的三季。③别样:格外,分外。

【赏析】到底是六月的西湖,美丽的风光不同于其他季节。与天相接的荷叶呈现出一片碧绿,荷花在艳阳的照耀下显得格外的红艳。

千家诗

◎ 晨读啦

饮湖上初晴后雨

苏 轼

水光潋滟①晴方好②,
山色空蒙③雨亦奇。
欲把西湖比西子④,
淡妆浓抹总相宜⑤。

◎ 轻松学

【注释】①潋滟:水波流动的样子。②方好:正好,刚好。③空蒙:缥缈,朦胧。④西子:春秋时期越国美女西施,古代四大美女之首。⑤相宜:合适,适宜。

【赏析】湖水在阳光的照耀下,波光粼粼,晴天的西湖十分美好;山色在薄雾的笼罩下,虚无缥缈,雨天的西湖十分奇特。想要把西湖比作美女西施,不管是淡妆还是浓妆都很美丽。

◎ 晨读啦

入 直[①]

周必大

绿槐夹道集昏鸦[②]，
敕使[③]传宣[④]坐赐茶。
归到玉堂[⑤]清不寐，
月钩[⑥]初上紫薇花。

◎ 轻松学

【注释】①直：值班。②昏鸦：黄昏归巢的乌鸦。③敕使：传达皇帝命令的使者。④传宣：传令宣召。⑤玉堂：翰林院。⑥月钩：如弯钩一样的月亮。

【赏析】道路两旁的绿槐树上聚集了黄昏归巢的乌鸦，皇帝让传达命令的使者召我入宫赐座赐茶。回到翰林院后，我很兴奋，一夜清醒，不能入睡，如钩的弯月映照着院里的紫薇花。

◎ 晨读啦

夏日登车盖亭

蔡 确

纸屏石枕竹方床，
手倦抛①书午梦长。
睡起莞然②成独笑，
数声渔笛在沧浪③。

◎ 轻松学

【注释】①抛：放下。②莞然：微笑的样子。③沧浪：古水名。

【赏析】在纸屏风后的方形竹床上枕着石枕享受清凉，手臂累了，于是放下书进入了悠长的梦乡。一觉醒来后，竟然一个人笑了起来，听到从远处传来渔人的笛声回荡在沧浪水上。

◎ 晨读啦

直玉堂作

洪咨夔

禁门①深锁寂无哗，
浓墨淋漓两相麻②。
唱③彻五更天未晓，
一墀④月浸紫薇花。

◎ 轻松学

【注释】①禁门：官门。②两相麻：两份用黄麻纸起草的任命左、右丞相的诏书。③唱：古时宫中有专人报时。④墀：台阶。

【赏析】官门紧锁，一片寂静，无人喧哗，我在黄麻纸上洋洋洒洒地起草着任命左、右丞相的诏书。宫里传来五更天的报时，天还没有亮，如水的月光浸染着台阶上的紫薇花。

千家诗

◎ 晨读啦

竹楼

李嘉祐

傲吏①身闲笑五侯②,
西江③取竹起高楼。
南风不用蒲葵④扇,
纱帽⑤闲眠对水鸥。

◎ 轻松学

【注释】①傲吏：清高傲气的官吏。②五侯：这里指王权贵族。③西江：今江西一带，盛产竹子。④蒲葵：一种常绿乔木，其嫩叶可编制成扇。⑤纱帽：古代官吏戴的一种帽子，后代指官职。

【赏析】一身清闲的傲气官吏嘲笑那些王权贵族，用从西江伐取来的竹子盖起了高楼。吹来的阵阵南风都用不着蒲葵扇，头戴纱帽，对着江边的水鸥悠闲地闭目养神。

◎ 晨读啦

直中书省

白居易

丝纶阁①下文章②静,
钟鼓楼中刻漏③长。
独坐黄昏谁是伴,
紫薇花对紫薇郎④。

◎ 轻松学

【注释】①丝纶阁:皇帝颁发诏令的地方。②文章:这里指起草诏书。③刻漏:古代一种用滴水来计时的工具。④紫薇郎:唐代称中书侍郎为紫薇侍郎。

【赏析】丝纶阁里十分安静,我已拟好诏书,无其他文章可写,钟鼓楼里的刻漏发出滴滴答答的声音,感觉时间很漫长。黄昏时分,一人独坐,无人陪伴,只有紫薇花对着我这个紫薇郎。

◎ 晨读啦

与朱山人

杜 甫

锦里①先生乌角巾，园收芋栗未全贫。
惯看宾客儿童喜，得食阶除②鸟雀驯。
秋水才深四五尺，野航③恰受两三人。
白沙翠竹江村暮，相送柴门月色新。

◎ 轻松学

【注释】①锦里：锦江附近。②阶除：台阶。③野航：野外水道里航行的船只。

【赏析】锦江附近有一位戴着黑色头巾的隐士朱山人，他的园子里能收获芋头和栗子，所以不算是很贫穷。家里的孩子们习惯了宾客的来来往往，见到人时总是很高兴，在台阶上觅食的鸟雀们就像被驯服过一样，一点儿也不怕人。秋天的锦江仅有四五尺深，在野道里航行的小船刚刚容得下两三个人。洁净的沙滩，翠绿的竹林，整个村庄都笼罩在暮色之中，朱山人将我送到柴门外，一轮明月升起来了。

◎ 晨读啦

观书有感

朱熹

半亩方塘①一鉴②开,
天光云影共徘徊。
问渠③那得清如许④,
为有源头活水来。

◎ 轻松学

【注释】①方塘:方形的池塘。②鉴:镜子。③渠:第三人称代词,它,这里指塘。④清如许:如此清澈。

【赏析】半亩大的方形池塘,就像一面镜子一样在眼前展开,蓝天和白云的光影一起在水中徘徊。问它怎么能够如此清澈,是因为有流动的水不断地从源头涌进来。

千家诗

◎ 晨读啦

泛 舟

朱 熹

昨夜江边春水生，
艨艟①巨舰一毛轻。
向来枉费②推移力，
此日中流③自在行。

◎ 轻松学

【注释】①艨艟：古代一种战船。②枉费：白费。③中流：水流之中。

【赏析】昨天夜里，江边的春水涨了起来，那些大船就像一片片轻盈的羽毛一样漂浮在江面上。之前为了推动它们，白费了不少力气，今天它们可以在江中自由自在地航行了。

◎ 晨读啦

冷泉亭

林 积

一泓①清可②沁诗脾③，
冷暖年来只自知。
流出西湖载歌舞④，
回头不似在山时。

◎ 轻松学

【注释】①一泓：一汪泉水。②清可：清澈可人。③诗脾：诗思。④歌舞：有歌女舞女的游船。

【赏析】一汪清澈可人的泉水，沁润诗人的思绪，一年又一年，是冷是暖只有它自己知道。它流进了西湖，载着热闹的游船，再回头时就不像在山里那样纯净了。

◎ 晨读啦

冬景

苏轼

荷尽①已无擎雨盖②，
菊残③犹有傲霜枝。
一年好景君④须记，
最是橙黄橘绿⑤时。

◎ 轻松学

【注释】①荷尽：荷花凋谢。②擎雨盖：指荷叶。③菊残：菊花枯萎。④君：您。⑤橙黄橘绿：这里指橙子和橘子这两种水果成熟的季节，在深秋初冬时。

【赏析】荷花凋谢，已经看不到像雨盖一样的荷叶了，菊花枯萎，可它还有傲然挺立的枝干。您应该要记住，一年中最美的景色就是橙子黄了、橘子绿了的深秋初冬时节。

◎ 晨读啦

寒夜

杜耒

寒夜客来茶当酒,
竹炉①汤沸②火初红。
寻常一样窗前月,
才③有梅花便不同。

◎ 轻松学

【注释】①竹炉:外壳为竹编、内置有小钵的火炉。②汤沸:水开了。③才:仅仅。
【赏析】寒冷的夜晚,以茶代酒来款待客人,炭火刚刚开始变红,竹炉里的水已经沸腾了。窗前的明月和平常是一样的,仅仅是因为开了几朵梅花,就显得不一样了。

千家诗

◎ 晨读啦

霜夜

李商隐

初闻征雁①已无蝉，
百尺楼台水接天。
青女②素娥③俱耐冷，
月中霜里斗婵娟④。

◎ 轻松学

【注释】①征雁：南飞的大雁。②青女：神话传说中的霜雪之神。③素娥：嫦娥。④婵娟：姿态美好。

【赏析】刚听到大雁向南飞的鸣叫声，就再也见不到蝉的踪影，站在百尺高楼放眼望去，碧水连着蓝天。青女和嫦娥都不怕严寒，在月亮上、白霜里展示着优雅的姿态，比一比谁更美。

◎ 晨读啦

梅

王 淇

不受尘埃半点侵①，
竹篱茅舍自甘心②。
只因误识林和靖③，
惹得诗人说到今。

◎ 轻松学

【注释】①侵：污染，沾染。②甘心：乐意，心甘情愿。③林和靖：林逋，谥号和靖，北宋诗人，隐居西湖孤山，终生不仕不娶，喜爱植梅养鹤，人称"梅妻鹤子"。

【赏析】高洁的梅花不受半点尘埃的污染，哪怕在竹篱笆和茅草屋旁也心甘情愿。只因为错误地结识了喜爱梅花的林和靖，惹得一代又一代的诗人至今都还在谈论着它。

◎ 晨读啦

冬景

刘克庄

晴窗早觉爱朝曦，竹外秋声渐作威①。
命仆安排新暖阁，呼童熨贴旧寒衣。
叶浮嫩绿酒初熟，橙切香黄蟹正肥。
蓉菊满园皆可羡②，赏心从此莫相违。

◎ 轻松学

【注释】①渐作威：逐渐猛烈。②可羡：值得玩赏。

【赏析】一早醒来，洒满了窗户的阳光让人喜爱不已，从竹林外传来的秋声一天比一天猛烈。我让仆人安排好了取暖的阁楼，叫童仆把冬天的衣物熨烫平整。新酿的美酒鲜绿清亮，就像嫩绿的叶子漂浮在上面一样，初冬的螃蟹正肥美，煮熟以后就像切开的橙子那样鲜黄香甜。整个园子里都盛开着美丽的木芙蓉和菊花，愉悦的心情从此以后可千万不要和我错过了。

◎ 晨读啦

早春

白玉蟾

南枝①才放两三花,
雪里吟香②弄粉③些④。
淡淡著⑤烟浓著月,
深深笼⑥水浅笼沙。

◎ 轻松学

【注释】①南枝:朝南的枝条。②香:梅花的香气。③粉:白色的花朵。④些:句末语气助词。⑤著:附着。⑥笼:笼罩。

【赏析】朝南的枝条上刚刚开出了几朵梅花,我在雪地里吟咏着梅花的香味,赏玩着白色的花朵。或淡或浓的香味伴着薄雾和月色,深深浅浅的花影笼罩着河水和细沙。

◎ 晨读啦

雪 梅

卢梅坡

梅雪争春未肯降[①],
骚人[②]阁[③]笔费评章[④]。
梅须[⑤]逊雪三分白,
雪却输梅一段香。

◎ 轻松学

【注释】①降：认输。②骚人：诗人。③阁：同"搁"，放下。④评章：评论。⑤须：应，本来。

【赏析】梅花和雪花争春，谁也不愿意认输，诗人们只好放下笔，花费心思去品评。和雪花的洁白相比，梅花本来是稍逊三分的，可是雪花远不如梅花那般芳香。

◎ 晨读啦

梅 花

方 岳

有梅无雪不精神①,
有雪无诗俗②了人。
日暮诗成天又雪,
与梅并作十分春③。

◎ 轻松学

【注释】①精神:神采,韵味。②俗:庸俗。③十分春:十足的春色。

【赏析】只有梅花没有雪就少了一丝韵味,下了雪没有诗也会多了几分庸俗。傍晚时分,诗已经写好了,天空中又飘起了雪,有诗,有雪,有梅花,这才是十足的春色。

◎ 晨读啦

答钟弱翁
dá Zhōng Ruò wēng

牧 童

草铺横野①六七里，
笛弄②晚风三四声。
归来饱饭黄昏后，
不脱蓑衣③卧月明。

◎ 轻松学

【注释】①横野：遍野。②笛弄：吹笛子。③蓑衣：用草或者棕编织成的雨具。

【赏析】方圆六七里都铺满了青草，在晚风中吹起悠扬的笛声。放牧归来，饱餐一顿后已是黄昏，连蓑衣都没有脱就躺在了迷人的月色里。

◎ 晨读啦

泊秦淮 (bó Qín huái)

杜 牧

烟笼①寒水月笼沙，
yān lǒng hán shuǐ yuè lǒng shā

夜泊②秦淮近酒家。
yè bó Qín huái jìn jiǔ jiā

商女③不知亡国恨，
shāng nǚ bù zhī wáng guó hèn

隔江犹唱后庭花④。
gé jiāng yóu chàng Hòu tíng huā

◎ 轻松学

【注释】①笼：笼罩。②泊：停船。③商女：歌女。④后庭花：乐曲《玉树后庭花》，为南朝亡国之君陈后主陈叔宝所作，后人称之为亡国之音。

【赏析】朦胧的烟雾和皎洁的月光笼罩着河水和白沙，小船停在秦淮河边，靠近岸上热闹的酒家。歌女不知道亡国的遗憾和悲痛，隔着江水还在高唱着《玉树后庭花》。

千家诗

梅花

林逋

众芳摇落独暄妍①,占尽风情向小园。
疏影横斜水清浅,暗香浮动月黄昏。
霜禽欲下先偷眼,粉蝶如知合断魂。
幸有微吟可相狎②,不须檀板③共金樽。

【注释】 ①暄妍:这里形容在严寒中盛开的梅花鲜艳夺目。②相狎:彼此亲近。③檀板:这里指音乐。

【赏析】 当百花凋落的时候,只有梅花独自盛开,鲜艳夺目,独揽了整个小园的风光。疏朗的梅枝或横或斜地倒映在清浅的水中,淡淡的幽香在朦胧的月色里四处飘散。冷天的鸟儿想栖息在梅花的枝头前,都要先偷偷地看一眼,美丽的蝴蝶要是知道严寒里还有如此高洁的梅花,应该也会被迷得神魂颠倒。幸好我还可以轻声吟诵这首新作的诗,与梅花亲近,既不需要音乐,也不需要美酒。

◎ 晨读啦

归 雁
钱 起

潇湘何事①等闲②回，
水碧沙明两岸苔。
二十五弦③弹夜月，
不胜④清怨却飞来。

◎ 轻松学

【注释】①何事：为什么。②等闲：轻易，随便。③二十五弦：指瑟。④不胜：不能忍受。

【赏析】大雁啊，你为什么轻易地从潇湘那边飞回来了呢？那里有碧绿的水和明净的沙，岸边还有青苔。原来是因为听到了月夜下的瑟声，不能忍受它的凄清哀怨才飞了回来。

◎ 晨读啦

题 壁

无名氏

一团茅草乱蓬蓬,
蓦地①烧天蓦地空。
争似②满炉煨③榾柮④,
慢腾腾地暖烘烘。

◎ 轻松学

【注释】①蓦地：突然，一下子。②争似：怎似。③煨：烤。④榾柮：木柴块，树根疙瘩。

【赏析】一团乱蓬蓬的茅草，一下子就火光冲天，瞬间灰飞烟灭，什么都没有了。怎么能像那炉子里被点着的木柴，慢慢地燃烧，让人们觉得暖烘烘的。

◎ 晨读啦

访袁拾遗不遇

孟浩然

洛阳访才子，
江岭①作流人②。
闻说梅花早，
何如③此地春。

◎ 轻松学

【注释】①江岭：这里指大庾岭，在今江西省大余县与广东省南雄市交界处。②流人：因罪被流放的人。③何如：怎能比得上。

【赏析】到洛阳去拜访才子袁拾遗，可是没想到他已经被流放到了江岭。听说那里的梅花很早就开了，但又怎能比得上洛阳的春天。

◎ 晨读啦

和晋陵陆丞早春游望

杜审言

独有宦游人，偏①惊物候②新。
云霞出海曙，梅柳渡江春。
淑气③催黄鸟，晴光转绿蘋。
忽闻歌古调，归思欲沾巾。

◎ 轻松学

【注释】 ①偏：特别。②物候：自然界随着季节变化而出现的景象。③淑气：温暖的气候。

【赏析】 只有背井离乡、在外做官的人，才会对季节的变化与更新特别有感触。太阳从海平面升起，云霞满天，红梅绿柳渡江而至，江南的春天生机勃勃。温暖的气候催促着黄莺歌唱，明媚的阳光将水中的浮萍染成了一片绿色。忽然听到了陆丞吟诵的传统曲调，思乡之情瞬间涌上心头，忍不住流下眼泪，沾湿了衣襟。

◎ 晨读啦

送郭司仓
sòng Guō sī cāng

王昌龄

映门淮水①绿,
留骑②主人心。
明月随良掾③,
春潮夜夜深。

千家诗

◎ 轻松学

【注释】①淮水:淮河。②留骑:留下坐骑,这里是挽留客人的意思。③良掾:好官。掾是古代属官的通称,这里指郭司仓。

【赏析】碧绿的淮河水映照在门上,我真心希望郭司仓能够留下来。明月随他而去,我的思念就如同夜夜高涨的春潮一般。

春夜别友人

陈子昂

银烛①吐清烟,金尊对绮筵②。
离堂思琴瑟③,别路绕山川。
明月隐高树,长河没晓天。
悠悠洛阳去,此会在何年。

【注释】①银烛:白色蜡烛。②绮筵:丰盛的宴席。③琴瑟:这里指与朋友的宴饮之乐。

【赏析】白色的蜡烛吐着缕缕青烟,丰盛的宴席上摆放着精美的酒杯。在这饯别的厅堂里想起了往日与朋友的宴饮之乐,今晚分别后朋友将踏上绕高山、跨河流的遥远征程。明月隐藏到高高的大树后面,银河消失在黎明的天色之中。前往洛阳的道路很漫长,不知道像这样的聚会下一次会是什么时候。

◎ 晨读啦

洛阳道

储光羲

大道直如发，
春日佳气①多。
五陵②贵公子，
双双鸣玉珂③。

◎ 轻松学

【注释】①佳气：好天气。②五陵：汉代高祖、惠帝、景帝、武帝、昭帝五位皇帝的陵墓，附近居住的多是权贵人家。③玉珂：马笼头上的玉制装饰品。

【赏析】洛阳大道笔直、宽阔，就像长长的头发，春日里都是阳光明媚、温暖晴朗的好天气。贵族子弟们骑着马儿结伴出游，马笼头上的玉制品发出的叮当声回荡在洛阳大道上。

◎ 晨读啦

长宁公主东庄侍宴

李峤

别业临青甸①，鸣銮②降紫霄。
长筵鹓鹭③集，仙管凤凰调。
树接南山近，烟含北渚遥。
承恩咸已醉，恋赏未还镳④。

◎ 轻松学

【注释】①甸：郊外。②鸣銮：这里指皇帝的车驾。③鹓鹭：比喻秩序井然的朝官。④镳：这里指马。

【赏析】长宁公主的东庄别墅坐落在青青的郊外，皇帝的车驾如从天而降般来到了这里。长长的宴席上文武百官井然有序地列坐着，管弦乐器吹奏出像凤凰鸣叫一样的美妙曲调。郁郁葱葱的树木延伸到终南山，朦胧缥缈的雾气弥漫到了渭水边。蒙受恩泽的臣子们都已经醉了，因留恋这里的美景，还想继续玩赏，所以没有骑马离开。

◎ 晨读啦

观永乐公主入蕃[①]

孙逖

边地莺花少，
年来[②]未觉新。
美人天上落，
龙塞[③]始应春。

◎ 轻松学

【注释】①入蕃：嫁到少数民族地区，这里指契丹。②年来：新年到来。③龙塞：边塞龙城，泛指边远地区。

【赏析】在荒凉的边塞很难看到盛开的鲜花、听到鸟儿的啼叫，虽然新年已到，但感受不到焕然一新的春色。永乐公主就像仙女一样从天而降，边塞的春天应该也快要到来了。

◎ 晨读啦

恩赐丽正殿书院赐宴应制得林字

张 说

东壁①图书府，西园翰墨林。
诵诗闻国政，讲易见天心。
位窃和羹②重，恩叨醉酒深。
载歌春兴曲，情竭为知音。

◎ 轻松学

【注释】①东壁：星宿名，掌管天上文章、图书的秘府。②和羹：比喻宰相辅佐皇帝理政。

【赏析】丽正殿书院就像天上的东壁一样，是皇家的藏书之地，也像魏武帝所建的西园一样，是文人雅士云集的地方。诵读《诗经》能了解国家政事，讲解《易经》可知道上天之意。我愧居宰相之位，肩负着辅佐皇帝治国理政的重任，今日蒙受恩泽在这里开怀畅饮、酩酊大醉。吟诵这首情深义重的诗，竭尽情思只为报答皇帝的知遇之恩。

◎ 晨读啦

春怨

金昌绪

打起①黄莺儿,
莫教枝上啼。
啼时惊妾②梦,
不得到辽西③。

◎ 轻松学

【注释】①打起:赶走。②妾:古代女子的谦称。③辽西:辽河以西的地区,这里指诗中女子思念的人所在的地方。

【赏析】快把黄莺赶走,别让它在树枝上叽叽喳喳地叫。它叫的时候会惊扰我的美梦,让我不能到辽西和日思夜想的丈夫相聚。

千家诗

◎ 晨读啦

送友人
sòng yǒu rén

李白

青山横北郭①,白水绕东城。
此地一为别,孤蓬②万里征。
浮云游子意,落日故人情。
挥手自兹③去,萧萧班马④鸣。

◎ 轻松学

【注释】①郭:外城。②蓬:蓬草,又称飞蓬。③兹:此。④班马:离群的马。

【赏析】青翠的高山横卧在城北,清澈的河水环绕着城东。我们在这里一分别,你就像孤独的蓬草一样,随风飘荡,踏上万里征程。飘浮的白云了解游子的心境,西沉的太阳知道老友的情意。就在此处挥手告别吧,离群的马儿也发出嘶叫声。

◎ 晨读啦

左掖①梨花

丘为

冷艳②全欺③雪，
余香乍④入衣。
春风且莫定，
吹向玉阶⑤飞。

◎ 轻松学

【注释】 ①左掖：唐代的门下省在大明宫宣政殿的左侧，因此门下省又称左掖。②冷艳：形容梨花清冷美丽。③欺：压倒，超过。④乍：刚。⑤玉阶：玉石砌成的台阶，这里指皇宫里的台阶。

【赏析】 美丽高傲、清冷脱俗的梨花完全胜过了白雪，它散发出的淡淡花香浸染了人们的衣裳。春风啊，请你继续吹，暂时不要停，把这洁白的梨花吹送到皇宫的玉石台阶上吧。

千家诗

◎ 晨读啦

次北固山下

王湾

客路①青山外,行舟绿水前。
潮平两岸阔,风正②一帆悬。
海日生残夜③,江春入旧年。
乡书何处达,归雁洛阳边。

◎ 轻松学

【注释】①客路:旅人前行的道路。②风正:顺风。③残夜:夜将尽时,天快亮的时候。

【赏析】郁郁葱葱的北固山外是旅人前行的道路,我乘船行驶在碧波荡漾的水中。春潮高涨,与岸齐平,水面一片开阔,桅杆上悬挂着船帆,船儿顺风前行。天色渐亮,太阳从海平面升起,还在旧年时分,江南的春天就匆匆而来。写给家里的信不知道什么时候才能够送达,北归的大雁请帮我把信捎到洛阳那边吧。

◎ 晨读啦

思君恩

令狐楚

小苑①莺歌歇,
长门②蝶舞多。
眼看春又去,
翠辇③不曾过。

◎ 轻松学

【注释】①小苑:皇宫里的小园林。②长门:汉宫名。西汉陈皇后失宠后住在长门宫,后多指冷宫。③翠辇:皇帝乘坐的车驾,上面有翠鸟的羽毛做装饰。

【赏析】小园林里的黄莺停止了歌唱,长门宫前的蝴蝶在翩翩飞舞。眼看着美好的春天又要过去了,可皇帝的车驾却未曾从这里经过。

◎ 晨读啦

春宿左省

杜甫

花隐掖垣①暮,啾啾栖鸟过。
星临万户动,月傍九霄②多。
不寝听金钥,因风想玉珂。
明朝有封事③,数问夜如何。

◎ 轻松学

【注释】①掖垣:这里指门下省的官墙。②九霄:天的最高处,这里指宫殿。③封事:密封的奏折。

【赏析】官墙边的花儿隐没在暮色之中,一群归巢的鸟儿鸣叫着飞过。在星光的照耀下,千家万户似乎也在闪动着,高耸的宫殿靠近月亮,仿佛能得到更多的月光。我没有入睡,倾听着那开宫门的钥匙声,一阵风吹来,想到了马头上叮叮当当的玉珂。明天早朝我有密封的奏折向皇帝上报,一夜之间多次询问还有多久天才会亮。

◎ 晨读啦

题袁氏别业[1]

贺知章

主人不相识，
偶坐为林泉[2]。
莫谩[3]愁沽[4]酒，
囊中自有钱。

◎ 轻松学

【注释】①别业：别墅。②林泉：花草树木和山石清泉。③谩：同"慢"，怠慢。④沽：买。

【赏析】我和别墅的主人并不认识，偶然进来坐坐是被里面的花草树木和山石清泉所吸引了。不用为了买酒而发愁，我口袋里有钱呢！

终南山

王 维

太乙^①近天都，连山到海隅^②。
白云回望合，青霭入看无。
分野^③中峰变，阴晴众壑殊。
欲投人处宿，隔水问樵夫。

【注释】①太乙：终南山。②海隅：海边。③分野：古人把天上的星宿和地上的区域相对应，叫分野。

【赏析】终南山高耸入云，接近天帝居住的地方，群山连绵不绝，一直延伸到海边。回头一看，身后的白云又重新汇合到一起，青色的云气走近看时却又消失不见了。山的最高处成了分野之界，两侧仅一峰之隔便区域不同，在阳光的照射下，千沟万壑呈现出明暗深浅相差悬殊的景象。想要找山中的人家投宿，于是隔着流水问对面的砍柴人。

◎ 晨读啦

夜送赵纵

杨 炯

赵氏连城璧①,
由来②天下传。
送君还旧府③,
明月满前川④。

◎ 轻松学

【注释】①连城璧:价值连城的美玉。这里借用了和氏璧的历史典故,用来比喻赵纵的出众才华。②由来:从来,一直。③旧府:这里指赵纵的故乡。④川:平原,平地。

【赏析】赵纵就如同那价值连城的和氏璧,他的美名一直在天下流传。今夜送他回到故乡,皎洁明亮的月光洒满了前方的路。

晨读啦

寄左省杜拾遗

岑参

联步趋丹陛①,分曹②限紫微。
晓随天仗入,暮惹御香归。
白发悲花落,青云羡鸟飞。
圣朝无阙③事,自觉谏书稀。

轻松学

【注释】 ①丹陛：宫中的红色台阶，指朝廷。②曹：古代分科办事的官署。③阙：欠缺，不完善。

【赏析】 我和你并肩碎步快走，踏上了宫中的红色台阶，上朝后分隔在大殿的两侧办公。天刚亮就跟随着天子的仪仗进入皇宫，傍晚时分沾染着御炉的香味回到家中。满头白发的我会为凋谢的花朵而悲伤，仰望天空时也会羡慕那些直上青云的飞鸟。当下圣明的朝代没有什么欠缺的事情，自己也觉得进谏的奏章越来越少了。

◎ 晨读啦

送朱大入秦①

孟浩然

游人②五陵去，
宝剑值千金。
分手③脱④相赠，
平生⑤一片心。

◎ 轻松学

【注释】①秦：这里指长安。②游人：远游的人，这里指朱大。③分手：分别。④脱：摘下，解下。⑤平生：一生，此生。

【赏析】朱大要到长安去了，我身上这把珍贵的宝剑价值千金。在分别的时候解下来送给他，用以表达我此生对他的一片真心。

◎ 晨读啦

登兖州城楼

杜甫

东郡①趋庭②日，南楼纵目初。
浮云连海岱③，平野入青徐。
孤嶂秦碑在，荒城④鲁殿余。
从来多古意，临眺独踌躇。

◎ 轻松学

【注释】 ①东郡：即兖州。②趋庭：看望父亲。③海岱：渤海和泰山。④荒城：这里指曲阜。

【赏析】 到兖州去看望父亲的日子里，第一次有机会登上南城楼放眼眺望。飘浮的白云连接着浩瀚的渤海和险峻的泰山，平旷的原野一直延伸到了青州和徐州。歌颂秦始皇的石碑在孤独的山峰上矗立着，荒凉的曲阜城内还剩下鲁灵光殿的废墟。我一直以来就有怀古的伤感情绪，独自登高望远，更是思绪万千，惆怅不已。

◎ 晨读啦

长干[①]行

崔颢

君家何处住，
妾住在横塘[②]。
停船暂借问[③]，
或恐[④]是同乡。

◎ 轻松学

【注释】①长干：长干里，古代的里巷名，在今江苏省南京市秦淮河南。②横塘：古代的堤名，在长干附近。③借问：用恭敬的语气向别人询问、打听。④或恐：也许，可能。

【赏析】请问你的家在哪里呢？我住在横塘。我把船停下来就是想问一问，也许我们是老乡。

◎ 晨读啦

送杜少府之任蜀州

王 勃

城阙①辅三秦②,风烟望五津③。
与君离别意,同是宦游人。
海内存知己,天涯若比邻。
无为在歧路,儿女共沾巾。

◎ 轻松学

【注释】①城阙:这里指长安。②三秦:长安附近的关中地区。③五津:四川岷江上的五个渡口。

【赏析】三秦大地保卫着京城长安,在风尘烟雾中遥望着岷江的五津。和你分别时心中有着无限的情意,只因我们都是远离家乡、在外做官的人。四海之内只要有知心的朋友存在,哪怕远在天边也如同心连心的近邻。不要在离别的分岔路口,像多情的儿女一样让眼泪浸湿了衣巾。

◎ 晨读啦

咏史

高适

尚有绨袍①赠，
应怜范叔②寒。
不知天下士③，
犹作布衣④看。

◎ 轻松学

【注释】①绨袍：用粗厚光滑的丝织品做的袍子。②范叔：范雎，战国时期的名相。这里借用了范雎和魏国中大夫须贾的历史故事。③士：读书人，这里指人才。④布衣：百姓，平民。

【赏析】须贾还能把一件粗袍送给范雎，应该是对贫寒的他产生了怜悯之心。可是须贾不知道此时的范雎就是那个闻名天下的秦国名相，还把他当成普通的百姓来看待。

◎ 晨读啦

题义公禅房

孟浩然

义公①习禅寂,结宇②依空林。
户外一峰秀,阶前众壑③深。
夕阳连雨足,空翠落庭阴。
看取④莲花净,方知不染心。

◎ 轻松学

【注释】①义公:唐代的一位高僧。②结宇:建造房屋。③壑:深谷、深沟。④取:助词。

【赏析】义公习惯了静坐修行时清寂的环境,把自己的禅房修建在空旷的山林里。大门外的山峰秀丽挺拔,台阶前的沟壑纵横幽深。雨过天晴,夕阳西下,树木的翠影映在禅院之中。看着那洁净的莲花,就会明白义公一尘不染的心境。

◎ 晨读啦

罢相作

李适之

避贤①初罢相,
乐圣②且衔杯③。
为问门前客④,
今朝几个来。

◎ 轻松学

【注释】①避贤:避位让贤。②乐圣:爱酒。③衔杯:指饮酒。④门前客:这里指过去常常上门拜访的宾客。

【赏析】我刚刚辞去了宰相的职位,把它让给贤能的人。我本来就喜欢酒,正好以后就可以天天喝酒了。想问问那些曾经的宾客,如今还会有几个人来呢?

◎ 晨读啦

玉台观

杜 甫

浩劫①因王造，平台②访古游。
彩云萧史驻，文字鲁恭留。
宫阙通群帝③，乾坤到十洲④。
人传有笙鹤，时过北山头。

◎ 轻松学

【注释】 ①浩劫：浩大的台阶，道家称宫观的阶层为浩劫。此指玉台观。②平台：古迹名。③群帝：五方天帝。④十洲：传说中神仙住的十个岛。

【赏析】 玉台观由滕王李元婴所建造，我来这里寻访就像在游览古时的平台。道观上空的彩云是萧史升仙时曾停驻过的，墙壁上刻的文字也许是鲁恭王留下来的。玉观台的楼阁高耸入云，直接通向了五方天帝的宫殿，辽阔宽广，延伸到海中神仙住的十个岛屿。人们传说有仙人乘着鹤吹着笙从北山头飞过。

◎ 晨读啦

逢侠者

钱 起

燕赵悲歌士[①],
相逢剧孟[②]家。
寸心[③]言不尽,
前路日将斜。

◎ 轻松学

【注释】①燕赵悲歌士:战国时期,燕、赵两个诸侯国出了很多行侠仗义之士,后来就用燕赵人士指代侠士。②剧孟:西汉著名侠客,洛阳人。③寸心:指心,因心在胸中只占方寸之地,故称。

【赏析】从燕赵之地来的侠客,我和他在剧孟的故乡洛阳相遇。心中有好多说也说不完的话,可是太阳马上就要落山了,我们不得不在前面的路上分别了。

千家诗

◎ 晨读啦

观李固请司马弟山水图

杜 甫

方丈①浑连水，天台总映云。
人间长见画，老去恨②空闻。
范蠡舟偏小，王乔鹤不群。
此生随万物，何处出尘氛③。

◎ 轻松学

【注释】①方丈：传说中的仙山。②恨：遗憾。③尘氛：世俗、红尘。

【赏析】方丈山的四周与茫茫海水相连，天台山总是掩映在云雾之中若隐若现。我经常在人间的画卷中看到这样的美景，然而年事已高，很遗憾只能听说而无法身临其境。范蠡的船儿太轻小，王乔的白鹤太单薄，都不能载着我同游。我这一生只能随着万物沉浮，到底去什么地方才可以逃离这纷扰的世俗呢？

◎ 晨读啦

江行望匡庐

钱珝

咫尺①愁风雨，
匡庐②不可登。
只疑云雾窟③，
犹有六朝④僧。

千家诗

◎ 轻松学

【注释】①咫尺：周制八寸为咫，十寸为尺，这里形容距离近。②匡庐：庐山。③窟：洞穴。④六朝：三国至隋朝的南方的六个朝代，即东吴、东晋、南朝宋、齐、梁、陈。

【赏析】庐山近在咫尺，可令人发愁的是这既刮风又下雨的天气，很可惜不能登上去了。我怀疑在那被云雾包围的洞穴里，仍然有六朝时的高僧在修行。

◎ 晨读啦

旅夜书怀

杜甫

细草微风岸,危樯①独夜舟。
星垂平野阔,月涌大江流。
名岂文章著,官因老病休。
飘飘②何所似,天地一沙鸥③。

◎ 轻松学

【注释】①危樯:高耸的樯杆。②飘飘:漂泊不定。③沙鸥:栖息在沙洲上的一种水鸟。

【赏析】岸边的小草在微风的吹拂下摇动着,一艘樯杆高耸的小船孤独地停泊在夜色中。原野宽广辽阔,满天的星辰低垂在夜空中,月光随波涌动,滔滔的江水滚滚向东流。人哪能只靠文章而声名显赫,官职也应该随着年老体弱而辞去。这样四处漂泊、无依无靠像什么呢?就像天地间一只渺小的沙鸥。

◎ 晨读啦

答李浣
韦应物

林中观易①罢，
溪上对鸥②闲。
楚俗饶③词客④，
何人最往还⑤。

◎ 轻松学

【注释】①易：《易经》，儒家经典之一。②鸥：水鸟名。③饶：多。④词客：文人墨客。⑤往还：来往。
【赏析】我坐在树林里读了《易经》后，来到小溪边悠闲地看看鸥鸟。楚地向来多出文人墨客，你和谁来往得最为密切呢？

◎ 晨读啦

江南旅情

祖 咏

楚山①不可极，归路但萧条。
海色晴看雨，江声夜听潮。
剑留南斗②近，书寄北风遥。
为报空潭橘③，无媒寄洛桥。

◎ 轻松学

【注释】①楚山：泛指江南的山。②南斗：星名，这里指吴地。③空潭橘：泛指南方的橘子。

【赏析】江南的山连绵不绝，一眼看不到尽头，归乡之路只剩下一片荒凉与寂寥。看到朝霞就知道要下雨了，夜里听到江水翻涌就知道要涨潮了。我佩剑四处漂泊，滞留在吴地，想写封信寄到北方可是路途遥远。想让家乡的人们尝一尝南方的橘子，但没有人可以帮我把它们捎回洛阳。

◎ 晨读啦

秋风引[①]

刘禹锡

何处秋风至[②],
萧萧送雁群。
朝来入庭树[③],
孤客[④]最先闻。

◎ 轻松学

【注释】①引:乐府诗体的一种。②至:到。③庭树:庭院里的树。④孤客:漂泊在外的人。

【赏析】秋风不知道是从哪里吹过来的,还送回了一群南飞的大雁。秋风一大早就来到庭院,吹动了院里的树,漂泊在外的人最先听到这萧瑟的风声。

千家诗

晨读啦

破山寺后禅院

常 建

清晨入古寺,初日照高林。
曲径通幽处,禅房花木深。
山光悦鸟性,潭影空人心。
万籁①此俱寂,惟闻钟磬②音。

轻松学

【注释】①万籁:自然界的一切声音。②钟磬:寺庙里的两种乐器,在诵经、斋供时敲击发出信号。

【赏析】清晨我来到山中的古寺,初升的太阳照耀着高高的树林。弯弯曲曲的小路通向幽深静谧的去处,禅房周围长满了茂盛的花草树木。山中的美丽风光让鸟儿欢快愉悦,潭中的清澈倒影使人们心旷神怡。此时,天地间一片寂静,只能听到寺庙里的钟和磬发出的声音。

◎ 晨读啦

秋日

耿沣

返照①入间巷②,
忧来谁共语③。
古道少人行,
秋风动禾黍④。

◎ 轻松学

【注释】①返照：夕阳，落日。②间巷：街道。③语：谈论，说话。④禾黍：粮食作物。

【赏析】夕阳斜射进街道里，心中的愁绪可以去跟谁诉说呢？古老的道路上没有什么人行走，只有萧瑟的秋风在吹动着田里的禾黍。

千家诗

◎ 晨读啦

题松汀驿

张祜

山色远含空，苍茫泽国①东。
海明先见日，江白迥②闻风。
鸟道高原去，人烟小径通。
那知旧遗逸③，不在五湖④中。

◎ 轻松学

【注释】①泽国：多水的地方。②迥：远。③旧遗逸：隐居的老朋友。④五湖：这里指太湖。

【赏析】无边的山色远远地和天空连在一起，松汀驿就在辽阔的太湖东岸。在天色明亮的海边可以先看到初升的太阳，在白浪翻滚的江面上能听到远处吹来的风。只有鸟儿可以飞越的崎岖山路向高原延伸而去，小路可以通往有人居住的地方。哪知道那些曾经隐居在这里的老朋友，都已不在太湖之地了。

◎ 晨读啦

秋日湖上

薛 莹

落日五湖①游,
烟波②处处愁。
浮沉③千古事,
谁与问东流。

◎ 轻松学

【注释】①五湖:这里指太湖。②烟波:烟雾笼罩的水面。③浮沉:世事变迁,兴亡盛衰。

【赏析】黄昏时分,我乘着小船在太湖上游玩,看到烟雾笼罩的湖面,心中不由得泛起了无限的忧愁。古往今来,世事沉浮,还有谁会向东流的水询问那些兴亡盛衰的故事呢?

◎ 晨读啦

野望

王绩

东皋①薄暮望，徙倚②欲何依。
树树皆秋色，山山惟落晖。
牧人驱犊返，猎马带禽归。
相顾无相识，长歌怀采薇③。

◎ 轻松学

【注释】①东皋：诗人隐居之地。②徙倚：徘徊。③采薇：这里引用伯夷、叔齐的典故，指隐居生活。

【赏析】傍晚时分，我在东皋向远方眺望，独自徘徊，彷徨不安，不知道哪里才是我可以停靠的地方。每一棵树都呈现出秋天的景色，每一座山都染上了落日的余晖。放牧的人赶着牛羊踏上了回家的路，打猎的人也骑马载着猎物归来了。相互对视但并不相识，我只能放声高歌怀念伯夷、叔齐那样的隐士。

◎ 晨读啦

宫中题

李昂

辇路①生秋草，
上林②花满枝。
凭高③何限④意，
无复⑤侍臣知。

◎ 轻松学

【注释】①辇路：宫内专供皇帝车驾所走的道路。②上林：宫苑名。③凭高：登高。④何限：无限。⑤无复：不再。

【赏析】宫中的辇路上长出了杂草，上林苑里的花儿在枝头盛开着。登上高处，内心充满了无限的感慨，可是这些都不能再让身边的侍臣知道了。

千家诗

◎ 晨读啦

秋登宣城谢朓北楼

李白

江城①如画里，山晚望晴空。
两水②夹明镜，双桥③落彩虹。
人烟寒橘柚，秋色老梧桐。
谁念北楼上，临风怀谢公。

◎ 轻松学

【注释】①江城：这里指宣城。②两水：环绕宣城的宛溪和句溪。③双桥：宛溪上的凤凰桥和济川桥。

【赏析】江边的宣城美得就像在画中一样，天色渐晚，我登上山顶的谢朓北楼，远望着晴朗的天空。澄澈如镜的宛溪和句溪环绕着宣城，凤凰桥和济川桥如同天边落下的两道彩虹。炊烟袅袅，让橘柚林多了几丝寒意，秋意渐浓，使梧桐树多了几分苍老。有谁会想到在这北楼上，还有人迎着萧瑟的秋风怀念谢公。

◎ 晨读啦

汾上惊秋

苏颋

北风吹白云,
万里渡河汾①。
心绪逢摇落②,
秋声不可闻③。

◎ 轻松学

【注释】①河汾:汾河。②摇落:花草树木凋落,这里指秋天。③不可闻:不忍听。

【赏析】北风吹动着天上的云朵,行走了万里路后,将在这里渡过汾河。纷乱的心情正好又遇上了萧瑟的秋天,我实在是不忍心听到这些悲凉的秋声。

望洞庭湖赠张丞相

孟浩然

八月湖水平，涵虚①混太清②。
气蒸云梦泽③，波撼岳阳城。
欲济无舟楫，端居耻圣明。
坐观垂钓者，徒有羡鱼情。

【注释】 ①涵虚：天空倒映在水中。②太清：天空。③云梦泽：古泽名，云泽与梦泽的合称。

【赏析】 八月的洞庭湖与岸平齐、风平浪静，明净的天空倒映在辽阔的湖水中，水天一色，无边无际。水汽蒸腾，笼罩着云梦泽，水波荡漾，撼动了岳阳城。我想要渡水，却没有船和桨，闲居在这里，又深感愧对于圣明的皇帝。坐在湖边静静地看着垂钓的人们，空有对他们能钓到鱼儿的羡慕之情。

◎ 晨读啦

蜀道后期[1]

张 说

客心[2]争日月,
来往预期程[3]。
秋风不相待[4],
先至洛阳城。

◎ 轻松学

【注释】①后期：延期。②客心：身在异乡的人的心情。③预期程：预先安排好日程。④不相待：不等待。

【赏析】身在异乡的人争抢着时间想要回家，预先就安排好了来往的时间和行程。哪知道秋风太着急了，不肯等等我，竟然先到达了洛阳城。

◎ 晨读啦

赠乔侍御

陈子昂

汉廷荣①巧宦②,
云阁③薄④边功。
可怜骢马使⑤,
白首为谁雄。

◎ 轻松学

【注释】①荣：重视。②巧宦：善于投机钻营的官员。③云阁：云台和麒麟阁，汉代悬挂功臣画像的地方。④薄：轻视。⑤骢马使：东汉侍御史桓典，为官正直。这里指乔侍御。

【赏析】汉代朝廷总是重视那些善于投机钻营的官员，但却轻视那些戍守边疆、立下战功的人。可惜了正直的乔侍御，头发都白了还不知道到底在为谁拼命。

◎ 晨读啦

答武陵太守
dá Wǔ líng tài shǒu

王昌龄

仗①剑行千里，
微躯②敢一言。
曾为大梁客③，
不负信陵④恩。

◎ 轻松学

【注释】①仗：执，拿着。②微躯：卑微的身躯，谦辞，诗人自称。③大梁客：战国时期魏国隐士侯嬴，曾为都城大梁看守城门。④信陵：信陵君，战国时期魏国公子魏无忌。

【赏析】手拿宝剑行走天下，身份卑微的我大胆地说一句话。我就像曾经为大梁看守城门的侯嬴一样，他没有辜负信陵君的恩情，我也绝不会辜负您对我的恩惠。

◎ 晨读啦

行军九日思长安故园

岑参

强①欲登高②去,
无人送酒来。
遥怜③故园菊,
应傍④战场开。

◎ 轻松学

【注释】①强:勉强。②登高:古时在重阳节有登高的习俗。③怜:怜惜。④傍:靠近。

【赏析】重阳节到了,勉强想要去登高,可是没有人会给我送酒来。我怜惜那遥远故乡的菊花,现在应该只能在靠近战场的地方盛开着。

◎ 晨读啦

婕妤①怨

皇甫冉

花枝②出建章③,
凤管④发昭阳⑤。
借问承恩⑥者,
双蛾⑦几许长。

◎ 轻松学

【注释】①婕妤:汉代宫中女官名,嫔妃的称号。②花枝:得宠的美丽嫔妃。③建章:汉代宫殿名。④凤管:笙箫或笙箫之乐。⑤昭阳:汉代宫殿名。⑥承恩:这里指得到皇帝的宠爱。⑦双蛾:女子的眉毛。

【赏析】建章宫里嫔妃打扮得花枝招展的,昭阳宫里传来美妙欢快的笙箫声。请问那些得到了皇帝宠爱的妃子们,你们的眉毛有多长呢?

千家诗

149

过香积寺

王 维

不知香积寺，数里入云峰。
古木无人径，深山何处钟。
泉声咽①危②石，日色冷青松。
薄暮空潭曲，安禅制毒龙③。

【注释】①咽：呜咽。②危：高。③毒龙：这里指人心中的各种欲望与杂念。

【赏析】不知道香积寺到底在哪里，走了好几里路来到了被云雾笼罩的山峰。眼前是一片古老的参天树林，没有一条人行小路，深山里不知从何处传来悠悠的钟声。泉水在高高的岩石间流过时发出呜咽声，苍翠的松树在阳光的照耀下显得更清冷。傍晚时分，在清澈见底的潭水边，僧人安静地打坐，克制着心中的欲望与杂念。

◎ 晨读啦

题竹林寺

朱 放

岁月人间促①,
烟霞②此地多。
殷勤③竹林寺,
更得④几回过。

◎ 轻松学

【注释】①促:短。②烟霞:烟雾和云霞,泛指山水,这里指美丽的风景。③殷勤:眷恋,情意深。④更得:还能够。
【赏析】岁月飞逝,人生苦短,这里的美景太多了。让人眷恋的竹林寺啊,我还能够来几次呢?

◎ 晨读啦

三闾庙[①]

戴叔伦

沅湘[②]流不尽,
屈子[③]怨何深。
日暮[④]秋风起,
萧萧[⑤]枫树林。

◎ 轻松学

【注释】①三闾庙:又名屈原庙,因屈原曾官三闾大夫而得名,在今湖南省汨罗市。②沅湘:沅江和湘江。③屈子:屈原。④日暮:太阳快落山的时候。⑤萧萧:形容风吹动树叶飘落的声音。

【赏析】看到奔流不息的沅江和湘江,可以想到当时屈原心中的哀怨该有多么深。太阳快落山时,一阵秋风吹过,枫树林里一片凄凉冷清的景象。

◎ 晨读啦

别卢秦卿

司空曙

知有前期①在,
难分此夜中。
无将②故人酒,
不及石尤风③。

◎ 轻松学

【注释】①前期:约定好下次见面的时间。②无将:莫使。③石尤风:出自《江湖纪闻》,逆风、顶头风的俗称。

【赏析】明知道以后会再见面,今晚还是觉得难以分别。不要让老朋友想要挽留你的这杯酒,比不上阻挡你前行的那阵逆风。

◎ 晨读啦

渡扬子江

丁仙芝

桂楫①中流望,空波两畔明。
林开扬子驿②,山出润州城③。
海尽边阴静,江寒朔吹④生。
更闻枫叶下,淅沥度秋声。

◎ 轻松学

【注释】①桂楫:桂木做的桨,这里指船。②扬子驿:驿站名。③润州城:唐代州名。④朔吹:北风。

【赏析】船行至江心时眺望远方,水面宽阔明净,两岸景色分明。北岸的树林里显现出扬子驿,南岸的群山中坐落着润州城。长江的尽头阴冷、幽静,寒气湿重的江面上吹起了阵阵北风。又听到枫叶飘落而下,淅淅沥沥传送着萧瑟的秋声。

◎ 晨读啦

答人[1]

太上隐者

偶来松树下，
高枕石头眠。
山中无历日[2]，
寒[3]尽不知年。

◎ 轻松学

【注释】①答人：回答别人的问题。②历日：按照一定历法排列年、月、日、节气等的历书。③寒：冬天。
【赏析】某日，无意间走到了一棵松树下，便枕着高高的石头舒服地睡了一觉。山里面没有历书，只知道寒冷的冬天又过去了，但不知道到底是哪一年。

千家诗

图书在版编目（CIP）数据

千家诗 / 刘硕编；贝贝熊文化传媒图. — 上海：少年儿童出版社，2023.2
（国学经典大声读）
ISBN 978-7-5589-1627-4

Ⅰ.①千… Ⅱ.①刘… ②贝… Ⅲ.①古典诗歌—诗集—中国—儿童读物 Ⅳ.①I222.72

中国国家版本馆CIP数据核字（2023）第024732号

国学经典大声读

千家诗

刘　硕　编
贝贝熊文化传媒　图
张　青　胡金娥　装帧设计

责任编辑　韦敏丽　　策划编辑　王泽琪
责任校对　黄亚承　　美术编辑　陈艳萍　　技术编辑　许　辉

出版发行　上海少年儿童出版社有限公司
地址　上海市闵行区号景路159弄B座5-6层　邮编 201101
印刷　武汉新鸿业印务有限公司
开本 889×1194　1/24　印张 6.5　字数 97千字
2023年2月第1版　　2023年2月第1次印刷
ISBN 978-7-5589-1627-4 / I·4915
定价 25.80元

版权所有　　侵权必究